Le philosophe nu

Du même auteur

Éloge de la faiblesse
Éditions du Cerf, 1999
Ouvrage couronné par
l'Académie française
Marabout, 2011

Le Métier d'homme
Éditions du Seuil, 2002
et « Points Essais » n° 705, 2013

La Construction de soi
Un usage de la philosophie
Éditions du Seuil, 2006
et « Points Essais » n° 680, 2012

Petit traité de l'abandon
Pensées pour accueillir la vie telle qu'elle se propose
Éditions du Seuil, 2012

Alexandre Jollien

Le philosophe nu

Éditions du Seuil

ISBN 978-2-7578-3783-2
(ISBN 978-2-02-095915-5, 1re publication)

À la mémoire de Mimi Mariéthoz.

À Corine, à Victorine, et à Augustin.

À ma mère et à mon frère.

À Romina Crapetto et Yannick Diebold qui ont prêté leurs mains et apporté leurs conseils à un passionné tant de fois envahi de doutes.

À Bernard Campan, Sylvain Stauffer, Frédéric et Nathalie Rauss. À Marie-France et Hector Smith, à Étienne Parrat, Frédéric Théry, Laurent Crampon, Pierre Carruzzo, Jon Schmidt, Yvette Tomassacci, Raphaël Laub, Suzanne Perret, Isabelle Binggeli, Pierre Constantin, Daniel Morin, Clémentine Deroudille, Maurice Robadey, Jacqueline et Christophe Deluze, Antoine Maillard, Dominique Rogeaux, Jean Frey et Jason Barioli qui m'accompagnent tout au long de ce chemin chaotiquement joyeux.

À Ruth Bovay, Stefan Vanistendael, Philippe Baud, Maria Zufferey, Giovanni Polito, Daniel Widmer, Magali Savioz, Véronique Marti, Joseph Aguettant, Jean-Marc

Richard, Patrick Ferla, François Felix pour leur aide si précieuse.

À Geneviève et Alain Frei, au père Billot, Erwin Ingold, à Jacques Castermane et au père S. pour leur soutien sur le chemin du oui que m'ouvre le zen.

À Elsa Rosenberger, André Gillioz, Jean-Claude Guillebaud, Dominic O'Meara, Christophe André pour les critiques et le réconfort apportés au fil de ce périple.

À la fondation Leenaards.

J'ai aussi à cœur de témoigner à la Bibliothèque sonore romande, au GIAA et à l'Étoile Sonore mes plus vifs mercis.

« Si tu ne vois pas encore ta propre beauté, fais comme le sculpteur d'une statue qui doit devenir belle : il enlève ceci, il gratte cela, il rend tel endroit lisse, il nettoie tel autre, jusqu'à ce qu'il fasse apparaître le beau visage dans la statue. De la même manière, toi aussi, enlève tout ce qui est superflu, redresse ce qui est oblique, purifiant tout ce qui est ténébreux pour le rendre brillant, et ne cesse de sculpter ta propre statue jusqu'à ce que brille en toi la clarté divine de la vertu [...]. Si tu es devenu cela [...], n'ayant plus intérieurement quelque chose d'étranger qui soit mélangé à toi [...] si tu te vois devenu ainsi [...], regarde en tendant ton regard. Car seul un tel œil peut contempler la Beauté[1]. »

1.

Ce soir, n'y tenant plus, je me suis précipité chez le médecin. Pourquoi ? Je ne le sais pas trop. Je caressais l'espoir de glaner quelque médication qui me débarrasse-

1. Plotin, *Ennéades*, I, 6, [7, 9], *in* P. Hadot, *Exercices spirituels et philosophie antique*, Paris, Albin Michel, 2002, p. 58-59.

rait une fois pour toutes de certaines cruelles jalousies. Oui, je suis las de comparer mon corps à celui des garçons qui passent dans la rue, las de ce combat intérieur. À vrai dire, je souhaite calmer la machine infernale et faire un peu obstacle à cette étrange mécanique qui, mêlant désirs, peurs, déceptions, m'arrache souvent à moi-même et me met à la torture.

Le bon docteur m'a écouté et sa bienveillance a un peu détendu le volontaire déboussolé qui commence ce journal. Son ordonnance m'a déconcerté. À la fin de la consultation, il m'a lancé : « Écrivez-nous un traité des passions ! »

Un traité de *mes* passions ? Gageure immense et prétentieuse, pour tout dire ! Je viens de jeter un coup d'œil à ma bibliothèque. Je découvre de quoi dissuader le plus téméraire des passionnés : Platon, Aristote, les stoïciens, saint Augustin, saint Thomas d'Aquin, Descartes, Hume, Rousseau, Kant, Hegel, Freud, Heidegger ont écrit sur les passions… Comment, dès lors, sans trembler, prendre la plume et prétendre à quelque chose de neuf ? Ce soir, une chose est sûre : la passion me joue de sacrés tours et je veux progresser vers *un peu* de détachement, cette terre lointaine à laquelle j'aspire. Car les passions me tiennent au corps, et à l'âme. Et quand elles me tiennent, je peux bien dire : « Adieu, prudence ! » Colère, tristesse, peur, envie, jalousie, rien de ce qui est humain ne m'est étranger.

Le nœud du problème, le cœur, c'est toujours le refus de la réalité. Devant quelques jeunes mâles qui paraissent si à l'aise face à l'existence, je ressens cette envie, cette jalousie, bref, une fascination qui laisse croire que la vie me serait *définitivement* meilleure ou du moins plus facile si j'arpentais les rues dans une silhouette idyllique, propre à faire chavirer chaque spécimen du beau sexe.

Oui, c'est un malaise imperceptible et quotidiennement subi, curieuse force, qui me déroute aujourd'hui. Non, les plaies les plus douloureuses ne sont pas toujours celles que l'on croit.

Une force trouble, un émoi, une blessure intérieure me contraignent donc à prospecter, à chercher des moyens de vivre plus librement. En somme, il ne s'agit que d'un banal manque de confiance en moi, du handicap sans doute et de ses séquelles psychologiques qui refont surface.

Je suis jaloux des corps des garçons de mon âge. C'est plus fort que moi, vraiment !

Ils me fascinent tant ils semblent bâtis pour la vie. Je me surprends à ressentir un désir furieux, cannibale. Je voudrais les *bouffer*, devenir ces corps. J'entends parfois la voix du vieux Platon qui, dans *Le Banquet*, fait dire à Aristophane : « Au temps jadis, notre nature n'était pas la même qu'aujourd'hui, mais elle était d'un genre différent. Oui, et premièrement, il y avait trois catégories d'êtres humains et non pas deux comme maintenant, à savoir le mâle et la femelle. Mais il en existait encore une troisième qui participait des deux autres, [...]. En ce temps-là en effet il y avait l'androgyne [...]. Deuxièmement, la forme de chaque être humain était celle d'une boule, avec un dos et des flancs arrondis. Chacun avait quatre mains, un nombre de jambes avec, au-dessus de ces deux visages en tout point pareils et situés à l'opposé l'un de l'autre, une tête unique pourvue de quatre oreilles. En outre, chacun avait deux sexes et tout le reste à l'avenant, comme on peut se le représenter à partir de ce qui vient d'être dit[1]. »

---

1. Platon, *Le Banquet*, 189d-190a, Paris, Flammarion, 1998, p. 114-115.

Le moins qu'on puisse dire, c'est que ces créatures avaient du coffre. Rivalisant avec les dieux, elles provoquèrent l'ire de Zeus qui, jaloux et se sentant menacé, les coupa en deux. Zak ! Depuis, nostalgiques, pauvres et incomplètes moitiés, elles espèrent forcément, férocement retrouver leur complétude d'antan. Le mythe me révélerait-il une secrète aspiration : conquérir ma puissance, ma suffisance, greffer à ma fragile moitié une autre, plus robuste, en faire un garçon sans failles et pour tout dire, sans handicap ? Depuis un moment, j'ai jeté mon dévolu sur mon ami Z, je rêve de devenir lui, de quitter mon corps pour me loger définitivement en lui, vivre une autre existence. Avoir ses mains, ses pieds, son torse, sa silhouette, tout en somme, et me promener dans la rue, beau et fier, magnifique. Aussi, je souhaite sans cesse être avec lui, pour recueillir de sa force, de sa virilité. Seul, je peine à trouver la joie ; seul, je ressens un vide. Enfant, j'ai trop entendu que j'étais différent, pas comme les autres, que mon corps avait un problème. Z me manque dès que je le quitte, je le veux pour moi, je le veux à moi. Au fond, je le considère comme un dieu. Ce n'est pas nouveau. J'ai trop idolâtré, trop souffert. Depuis mon adolescence, il y a eu V, P, E, S, tous de puissants mâles à l'ombre desquels la frêle créature que je suis pensait s'épanouir. Avec les filles, connaissant un insuccès flagrant, je me suis pris à vouloir être quelqu'un d'autre. Ces jeunes hommes précisément, étaient autant d'Apollon qui ont peuplé mon panthéon. Celui qui commence ce journal endure aisément la fascination jusqu'à s'y perdre. Il aspire à guérir de cette grotesque *tare* et à ne plus tomber raide de jalousie devant le premier beau garçon venu. Ce poids, ce mal-être, ces tiraillements, il n'en veut plus ! L'esclavage n'a que trop duré !

Je me disperse… Tenir un journal, ce n'est certes pas vider ses poubelles. Je dois tenter l'authenticité *autrement*. Qu'il me suffise de dire que la passion constitue mon terrain d'exercice presque à plein temps ! C'est un peu pour rendre service, beaucoup pour me *soigner*, que j'entreprends cette enquête. Voguant sur l'océan des passions, libre des préjugés les plus grossiers, j'espère que les tempêtes me révéleront quelque chose de beau.

Sur la mer, récifs nombreux en vue ! Plus que tout, un obstacle me freine. Comment, alors que la tradition propose autant de théories sur les troubles de l'âme, trouver (sans me référer *mécaniquement* à l'histoire des idées) l'audace d'affirmer une pensée, *la mienne* ?

L'homme qui écrit ces lignes est la proie du doute. Comme il peine à dégager sa propre voie, il aimerait que les philosophes veuillent bien lui offrir leur protection. Nietzsche a raison : « Certains ne parviennent pas à devenir des penseurs parce que leur mémoire est trop bonne[1]. » La mienne, qui jadis me livrait volontiers de toniques préceptes quotidiens, est aujourd'hui encombrée de références. Elle risque fort de m'enchaîner ou, pire, de me transformer en perroquet. Donc, citer peu, le moins possible. Enquêter, chercher, rencontrer. Du neuf, du neuf, rien que du neuf… Se résoudre à consigner ici les *révélations* qui feront mon quotidien. Craignant plus que tout le nombrilisme, je souhaite accorder une large place aux rencontres qui jalonnent mon existence. Pour d'évidentes raisons, les prénoms et les noms des personnes qui apparaîtront dans ce journal ne correspondent pas, sauf accord de leur part, à la réalité (confidentialité oblige, respect et paix des ménages aussi).

---

1. F. Nietzsche, *Humain, trop humain*, par. 122, *in* F. Nietzsche, *Œuvres*, Paris, Robert Laffont, 1993, p. 744.

Un mot enfin sur l'écriture. Souvent, elle m'essouffle : peur du jugement, des critiques, envie soudaine et irrépressible de me *taire à jamais*, impatience, sentiment d'avoir tout dit, manque d'inspiration... écrire ne m'est pas une sinécure ! Sans parler des difficultés techniques : je tape ces notes à deux doigts, car je ne puis pas toujours les dicter. Les prouesses littéraires ne passeront donc pas au premier plan. L'essentiel est ailleurs.

Allons, ne tardons plus ! Je commence.

2.

Tout à l'heure, après une conférence, j'ai presque voulu crier à l'imposture. Un groupe de femmes est venu vers moi pour me dire : « Vous m'avez fait du bien ! », « Quelle force ! » Embarrassé, j'ai timidement recueilli les compliments en songeant : « Ah, si elles savaient à qui elles ont *vraiment* affaire ! » Entre les mots, les discours et le quotidien, il y a un gouffre, d'où ce journal... Je devise sur la paix et je vis dans le trouble. Je console, encourage, prodigue mille et un conseils et pourtant mon cœur est en miettes. Singulières contradictions ! En écoutant les louanges, je n'ai pas pu m'empêcher de regarder mon portable pour voir si Z m'avait écrit. Et dire que je venais de disserter sur le détachement !

Serais-je un imposteur ?

Sur le chemin du retour, dans le métro, j'ai évidemment louché sur de jeunes hommes regagnant innocemment leurs pénates : « Tiens, me dis-je, celui-là a-t-il une copine ? Quel corps superbe ! Va-t-il aux toilettes comme tout le monde ? » Je crois réentendre la voix de l'enfant en moi à qui on s'est efforcé de dire qu'il n'était pas comme les autres. Mais où se cache-t-elle, la différence ? Dans les replis d'une intimité ? Qu'est-ce qui me sépare de ce corps gracieux ? Rationnellement, je le sais, nous avons tous deux mains, deux pieds, deux jambes, deux bras, une tête, un sexe. Je me surprends à m'imaginer vivre tout un jour dans son corps. Pourquoi diable vouloir absolument être à sa place ? Pour voir quel effet ça fait d'être un beau garçon normal ? Thomas Nagel a écrit un article célèbre : « *What's like to be a bat*[1]*?* » « Quel effet ça fait d'être une chauve-souris ? » Une blessure intérieure me pousserait-elle à me demander : « *What's like to be a beautiful boy?* » Sujet sensible et vaste !

Comment progresser et m'avancer vers un début de cohérence ? Où découvrir un tant soit peu de détachement dans tout cela ? L'impuissance de *ma* raison saute aux yeux. Déjà, je pourrais prendre appui sur la réalité, sur ce qui m'est donné, sur mes contradictions qui me serviraient de guide pour me rapprocher de la liberté, à l'écart de ses attractions, de ses attirances, de ses attachements… ou avec eux.

Voilà que, sans avoir rien appris de la fascination, de la jalousie, de la convoitise, de la peur ou de la colère, j'aspire au détachement. Ne suis-je pas en train de sauter les étapes, de traîner avec moi un fatras d'*a priori* ? Même si j'ignore presque tout du sujet, une intuition s'impose quand même : sans préjuger de la suite, je devine que si passion et détachement pouvaient habiter le même cœur, ce ne serait pas un mal. L'horizon se dégage et du tréfonds de mon être monte une aspiration : oser l'abandon. Oui, oui, mais comment ?

1. *The Philosophical Review*, 1974, p. 435-450.

Medice, cura te ipsum ! À compter de ce soir, je veux donc travailler à ma liberté, et, pourquoi pas, abandonner cette idolâtrie infantile qui me fait tant souffrir.

3.

Depuis vingt-cinq minutes, j'attends, fébrile, le texto de vingt et une heures. Z ne m'a pas écrit. Je suis lié. Que dis-je : ligoté, boulonné à lui. Mon attachement inconsidéré doit cesser. Si mon docteur m'a prescrit ce « Traité des passions », c'est justement parce que ma fascination pour Z vire à l'esclavage. Il est le dieu dont dépend ma joie. Dieu a le droit de vie et de mort sur ma bonne humeur. Je sais qu'il incarne pour mon imagination tout ce que je ne suis pas : une silhouette mieux bâtie, un garçon, pour ainsi dire insouciant, qui prend l'existence avec légèreté. Mais de là à délaisser toute joie, à perdre le goût de la vie…

Depuis une semaine, je n'en peux plus et j'ai donc commencé un sevrage. Je le vois moins, et, d'un commun accord, il m'abreuve de quelques textos, signes de vie, substituts d'une présence aliénante, méthadone pour l'âme. Le côtoyer me trouble, pourtant son absence me déchire. Ce qui m'aide, pour l'heure, c'est d'en faire mon maître en détachement. Mon aliénation sera le lieu de ma liberté, son terrain d'exercice. Nul besoin de chercher ailleurs un si constant appel à la pratique.

Banalement, je suis obsédé. Oui, c'est bien le mot ! Jamais je n'ai mieux perçu l'étymologie de ce terme : être assiégé. Un bruit de fond, en somme. Jour et nuit, l'absence de Z me harcèle. Je m'endors en pensant à lui, je me réveille avec lui et le premier geste du matin me précipite sur mon portable pour voir si Dieu m'a écrit.

Aujourd'hui, je tenterai le chemin inverse de l'apothéose et détrônerai Dieu, le ramènerai sur terre sans le haïr. Y arriverai-je ? D'abord, fermement, je le redis, je veux le considérer comme mon *maître en détachement*. C'est d'ailleurs son nom, dans le répertoire de mon téléphone. Ses messages, ses appels, sont annoncés par ce titre. Me voilà sans cesse convié à la libération ! Il me plaît de transformer les obstacles ou les difficultés en occasions de progrès et d'envisager Z comme un maître intransigeant qui me pousse à la liberté. De même, dans la tradition zen, on offre sa totale confiance au maître. Il peut tout exiger du disciple. Aussi, je me départis un peu de ma volonté qui désirerait le voir tout le temps, pour lui laisser le soin de me dire quand il souhaite me rencontrer. Ce qui ressemble à de la soumission vient ici me libérer de mes *propres* désirs tyranniques. Dans mes épreuves, j'ai de la chance, car je sais que je peux faire confiance à Z. Il veut mon bien, peut-être plus que moi, d'ailleurs. En pleine obsession, j'oublierais le goût de la liberté.

4.

En ce jour de sevrage, examinons le malade. Au fond, ma vocation pour la philosophie me semble naturelle, instinctive presque. Acculé par sa faiblesse, on prend pour modèle le *prokopton*, le « progressant », l'aspirant-philosophe, celui qui adoptait le mode de vie du philosophe afin de changer radicalement de regard sur le monde.

Derrière les grands préceptes, la réalité est toute simple. Face à une existence plutôt périlleuse et délicate, de bonne heure, je me suis résolu à glaner dans les textes grecs et latins quelques armes pour le combat qui me réclamait. Plus que jamais, pour *vaincre*, je me suis alors penché, avide, sur ces pages et j'ai admiré des philosophes *en pleine action*. J'ai même contemplé ces *exempla* qui m'invitaient à affiner une vision du monde encore naïve. Donc, facile à duper, j'ai sollicité la philosophie comme une *techne tou biou*, un art de vivre…

Du grand art, en somme !

À présent, la donne a changé. Je ne crois plus qu'un peu au pouvoir de la raison. Chaque jour, ou presque, l'efficacité de ma volonté en prend pour son grade. Et je commence à craindre les discours rationalistes qui, d'un revers de main, esquivent notre impuissance, les blessures qui nous suivent et les travers qui nous résistent. « Il faut te raisonner ! » disent-ils vainement.

Une sourde jalousie devant les hommes de mon âge, une insatisfaction tenace, un sentiment de manque me poussent aujourd'hui à visiter, à descendre dans la région du cœur. En un mot, je dois me *confronter* à l'affectivité, aux émotions et à leur force. Par peur, j'ai souvent rêvé de la paix de l'âme, sorte de béatitude à mille lieues des tiraillements quotidiens. J'en suis décidément bien loin. Un portable à la main, fébrilement j'attends un texto tout en devisant.

Me voilà violemment ramené sur la terre des hommes, sur la terre d'êtres qui tombent amoureux, se courroucent, s'attristent et s'aiment, qui désirent et méprisent, âmes de chair et d'os. Désarmé, chamboulé, j'entame mon expédition avec pour seul bagage un désir puissant de glisser un peu de joie entre mes esclavages.

Les lectures ne suffisent pas. J'ai beau, par exemple, avoir lu et relu le traité *Sur la colère* de Sénèque, cette funeste passion me fait plus d'une fois sortir de mes gonds. Et je dors tous les soirs à côté de l'intégrale de Maître Eckhart sans que ses sermons, toujours à portée de ma main, m'empêchent de faire dépendre mon bonheur d'un ami. Pour progresser dans la joie, il s'agirait de convertir l'intégralité de ma personne. Comment rester vivant et ne pas devenir la marionnette de ses passions ? Comment pratiquer véritablement, avec *tout l'être*, la philosophie ? Voilà ma quête, celle que je commence.

5.

Depuis que j'enquête sur les passions, je prête l'oreille à tout. Pas une discussion de bistrot qui ne capte mon attention. Je ne suis pas le seul à être passionné. Je devine en tout cas que rien ne sert de lutter contre mon obsession. Je désire plutôt me reposer de moi dans l'autre et pratiquer le détour. Je suis las de combattre, fatigué de lutter. Pour Lévinas, « rencontrer un homme, c'est être tenu en éveil par une énigme[1] ». Cette énigme me fascine. Devant l'étrange condition qui est la nôtre, je ne cesse de m'émerveiller, non sans crainte parfois. Il paraîtrait que nous sommes des êtres rationnels. Par moments, j'en doute, car si l'on me filmait quelques heures à mon insu, on pourrait à bon droit remettre en cause mon appartenance à l'espèce ! Souvent, bien que je les sache complètement absurdes, je me lance tête baissée dans de folles aventures. Alors que je pressens que tout va me péter à la gueule, j'y vais quand même.

Pourquoi m'engouffrer dans des situations qui, par un prévisible effet boomerang, vont me nuire durablement, voilà le cœur du problème : je connais les méfaits de la colère, je sais que cette petite partie de plaisir se soldera

1. E. Lévinas, *En découvrant l'existence avec Husserl et Heidegger*, *in* A. Finkielkraut, *La Sagesse de l'amour*, Paris, Gallimard, 1984, p. 30.

par un cruel ravage, et j'y vais quand même. Après tant de faux pas, la queue entre les jambes, aspirant à la maîtrise de soi, il ne me reste plus qu'à revenir, impuissant, à mon journal. Comment donc cheminer vers la joie avec tout ce qui me dépasse, avec ces automatismes, ces réflexes et ces manques, apanages d'une condition fragile mais si belle ?

Devant mon désarroi, j'ai même fait circuler, il y a peu, un micro-trottoir, sorte d'enquête sur les passions. J'ai voulu recueillir, pour tout dire, quelques remèdes aux maux qui me tiraillent.

Avant de décacheter les premières réponses de ce questionnaire et commencer à prendre le pouls des passions qui animent le cœur des autres, il est peut-être fécond de coucher sur le papier ce que j'estime déjà connaître sur le sujet. En plein sevrage, quand tout me porte à les mépriser, je crois pourtant, comme Descartes, que le bon usage des passions fait le bonheur de l'être humain. Ce n'est donc pas rien, cette affaire !

Mais de quoi, diable, dépend mon bonheur, notre bonheur ?

6.

« Qu'est-ce donc que le temps ? Si personne ne me le demande, je le sais ; mais si on me le demande et que je veuille l'expliquer, je ne le sais plus[1]. »

Qu'est-ce que la passion ? Si au seuil de ce journal, je m'en forgeais une vague idée, je dois convenir qu'aujour-

1. Saint Augustin, *Les Confessions*, l. XI, Paris, Flammarion, 1964, p. 264.

d'hui je n'aurais plus cette audace. Une avalanche de définitions m'engloutit. Les livres de philosophie en sont pleins. « Passion »… le mot a quelque chose de délicieusement suranné. Il évoque pour moi des forces qui me poussent parfois mais me traînent plus souvent.

L'étymologie est limpide : en grec, *pathos* renvoie à l'idée de souffrance, de maladie, de douleur. *Pâtir*, c'est subir. Et à l'évidence, je n'ai pas choisi cette jalousie dévastatrice qui me contraint aujourd'hui à enquêter sur la passion. Z, comme j'aimerais t'apprécier librement, sans tourments ! Passons ! Pour le Grec, le passionné subit. Aliéné, dépossédé, il a perdu la maîtrise de son action. Ainsi, l'homme n'a pas plein pouvoir sur lui : colère, crainte, mélancolie, avarice, orgueil, envie, ambition, vanité, cupidité, désespoir, haine, amour et joie viennent quotidiennement contester la souveraineté de sa raison. Personnellement, je définirais la passion comme *ce qui, en moi, est plus fort que moi*. Bien que dans une acception actuelle mais restrictive, elle soit d'abord synonyme de *hobby*, et signifie l'enthousiasme, l'activité, un engagement qui donne du sens à l'existence, je préfère quant à moi l'envisager sous sa forme ancienne : le *pathos*, c'est ce qui nous *fait sortir de nos gonds*, et risque d'aliéner notre liberté.

Excès, passivité, voilà qui dessine grossièrement, selon moi, ses contours ! Spinoza confirme : « Nous sommes agités de multiples façons par les causes extérieures et, tels les flots agités par des vents contraires, nous sommes ballottés en tous sens, ignorants de notre avenir et de notre destin[1]. » Les circonstances extérieures comme les contraintes intérieures d'ailleurs (ne les oublions pas !)

1. B. Spinoza, *Éthique*, III, prop. 59, Paris, Éditions de l'Éclat, 2005, p. 205.

peuvent faire de nous de dociles automates. Et contraindre un philosophe à faire dépendre son bonheur de malheureux textos ! Voilà ce qui me passionne dans la passion : notre incapacité à vivre librement. Mais je m'égare, et mes souffrances me poussent déjà à critiquer la passion plus qu'à la comprendre. Pourquoi devrais-je absolument rejeter ce qui est plus fort que moi ?

Ma fascination pour Z me montre qu'il est vain de se prétendre maître de son environnement, du passé, de l'éducation, bref de tout l'héritage, plus ou moins heureux, qui me constitue. Je suis en ce moment chahuté par l'existence. Je me lève le matin, exubérant, je regarde mon portable et me voilà à errer le reste du jour comme une âme en peine.

Je commence à comprendre que ce n'est pas Z que je jalouse mais un fantôme, une chimère. Mille projections, mille blessures ont fait de cet ami une idole. Je suis dans l'excès, voilà pourquoi je me perds ! Je le comprends mais je n'en attends pas moins ses messages. *Le cœur a ses raisons que la raison ignore…* Banale vérité si souvent endurée !

7.

J'ai laissé mon portable à la maison, je me suis littéralement arraché à lui pour m'offrir une petite promenade en ville. À la gare, devant une jeune fille qui distribuait gratuitement des stylos publicitaires, je me suis surpris à penser : « Vite, je vais acheter un sac à dos et le remplir de stylos ! » Un étrange désir m'a fait croire que posséder autant de stylos me rendrait *enfin* heureux ! En riant de ma stupidité, j'ai immanquablement songé aux stoïciens pour qui la passion tient précisément d'un jugement de valeur erroné. C'est lui qui déclenche l'impulsion fugace qui emporte le passionné et met sa volonté hors de contrôle. Chrysippe m'éclaire : le coureur qui s'élance peut, au début, être maître de sa course, mais vient un moment où il est comme entraîné. Il ne peut plus s'arrêter. Je me suis alors amusé à dresser la liste de tous les jugements que je bombarde sur Z : « Il est plus beau que moi », « Il doit avoir toutes les filles à ses pieds ! », « Ça doit être génial de ne pas avoir honte de son corps », « Si j'avais ce corps, je serais le plus heureux des hommes ! » Ces mille jugements m'emportent. Je passe ma journée à tenter de les débusquer. S'il est périlleux de vouloir tout maîtriser, peut-être puis-je déjà agir sur tous ces fantasmes que je projette sur Z : « D'où provient cette envie ? », « Pourquoi me fascine-t-il tant ? »

Je termine cette journée de sevrage en passant un vrai moment de joie en famille. La joie libère. Pourrait-elle me conduire au détachement ?

Avant de me coucher, je lis les réponses *micro-trottoriennes*. Un homme raconte qu'il tombe amoureux pour un rien. Après des nuits torrides, il se réveille souvent aux côtés d'une créature qui l'importune au dernier degré. La veille, elle l'avait séduit et voilà que le matin, sur l'édredon, elle l'ennuie profondément.

Je devine que ce qui distingue le véritable amour de la passion tient précisément de la projection. En embrassant mes enfants, je prends conscience que je n'ai pas choisi de les aimer, ni ma femme d'aïlleurs. Nulle volonté, nul choix, ou très peu entrent dans cette affection. C'est aussi plus fort que moi ! Et pourtant, qui oserait dire que je ne les aime pas librement ? Voilà bien un lien qui me comble de joie, qui me ressource et me donne la force de me libérer ! Rien à voir avec la fascination qui s'aveugle devant l'autre et ne fait que bombarder une image sur un fantôme. Il est tant de sources à l'amour, du manque à la blessure jusqu'au don de soi, tout y passe à peu près…

8.

Mon enquête au pays des passions, tentative et tentation de pénétrer dans la zone du cœur, me réserve bien des surprises. La réalité dépasse la fiction. Ce soir, tandis que je m'évertuais, en me promenant, à forger une meilleure idée de la passion, j'ai rencontré un voisin. Je lui ai demandé comment il se portait, espérant récolter un bref : « Bien, merci, au revoir ! » Et voilà qu'il me dit : « Ça ne va pas du tout ! »

Déjà éloigné de quelques pas, j'ai rebroussé chemin pour entendre sa confession : « J'ai quitté ma femme pour une autre et je suis triste. J'ai mal au cœur. Aujourd'hui je suis fasciné par ma nouvelle amie, mais elle ne veut plus de moi… » J'ai hésité à lui dire qu'il tombait bien, que je m'apprêtais à devenir un spécialiste en la matière et que, somme toute, il s'agissait d'une banale histoire de passion amoureuse… Devant son désarroi, je n'ai pourtant pu qu'aligner de déconcertantes platitudes : « Il faut laisser du temps au temps », « Ça arrive à tout le monde ! »

Je suis complètement désarmé. Qu'aurais-je dû dire ? Mes lectures ne m'ont guère aidé. Les stoïciens, Spinoza, Kant, Hegel, Freud et toute la compagnie sont restés bien muets ce soir. En révélant mon ignorance, cette rencontre m'engage à la prudence et me remet les pieds sur terre. Demain, quelques passions tristes pourraient aussi s'emparer de moi et réduire à néant le peu de force qui m'habite.

9.

Ce soir, suite des premiers résultats du micro-trottoir. Étonnant !

Les définitions abondent. Plus que tout, ce sont les ravages causés par la passion qui remplissent une grande part des réponses : « La passion isole », « Elle prend toute la place et nous plonge hors de la réalité », « Elle renferme sur soi, elle déconnecte du réel ». Un internaute paraphrase même une ligne de *Ou bien… ou bien* de Kierkegaard : le passionné comme le malheureux est « toujours absent de lui-même, jamais présent en lui-même ».

Les passions ne seraient-elles qu'un exil de soi ? Je ne suis pas, je m'en aperçois bien, le seul à être leur proie. Soudain, je repense au prologue du *Zarathoustra*, où Nietzsche rappelle qu'« il faut porter encore en soi un chaos, pour pouvoir mettre au monde une étoile dansante[1] ». La passion, c'est l'*hubris*.

Certes, les tiraillements, l'impuissance et la violence qui savent prendre d'assaut un cœur, ont de quoi inquiéter. Mais de là à se doper de folles espérances, à vouloir être un sage… Par peur d'en *baver*, la tentation est grande de se blinder contre les passions. Pour quels fruits ? Le micro-trottoir révèle un réflexe qui me conditionne parfois : « Je me coupe des passions pour moins souffrir. » Je suis de plus en plus convaincu que j'ai recouru à la philosophie afin de moins souffrir, pour me protéger.

1. F. Nietzsche, *Ainsi parlait Zarathoustra*, par. 5, *in* F. Nietzsche, *Œuvres*, *op. cit.*, p. 295.

Pour l'heure, dégager une voie du milieu qui se tienne à l'écart de la résignation et du volontarisme. Entre « Je suis comme je suis et après moi, le déluge ! » et « Quand on veut, on peut ! », il y a un chemin de crête possible. Ce soir, les élans, les tristesses, les fascinations que je lis, me rappellent que j'appartiens à la race humaine, que je ne suis pas si différent des autres.

10.

Avant de m'attaquer à la fascination, passion omniprésente de mon existence, il est peut-être bon de contourner, pour un temps, le problème. Ne serait-ce que pour qu'il ne devienne pas le centre de ma vie. En guise d'exercice spirituel, je me souviens de Kant qui parle de trois manies : la manie de l'honneur, celle de la possession et la manie de la domination[1]. Il suffirait, pour l'heure, de me demander où j'en suis par rapport aux honneurs. Où la soif de reconnaissance me pousse-t-elle ? Dans ma jalousie pour les garçons de mon âge, je repère une envie de plaire, une vocation mort-née de séducteur. Je cherche aussi la joie dans le paraître et l'avoir. Quoi de plus naturel, quoi de plus vain ? Quant à la possession : pourquoi tous ces livres autour de moi ? Je décèle aussi, encore plus sournoise, la volonté de dominer, de prendre pouvoir sur l'autre, de le réduire à ma merci. Je tente de retirer du dehors un amour de soi, la paix du cœur et la joie libre. Par peur, sans doute, je veux que les autres me donnent leur affection et qu'ils répondent à mes désirs, qu'ils me soutiennent, qu'ils soient là pour moi.

1. E. Kant, *Anthropologie du point de vue pragmatique*, Paris, Vrin, 1970, p. 124.

11.

Ce soir, j'ai eu l'impression de pénétrer dans l'enfer d'un cœur passionné. Je vois à quel point ma fascination pour les beaux corps peut me couper de la vie, du monde. Le passionné peut oublier sa femme, ses enfants, pour une chimère. Je l'ai soudain compris en découvrant une émission de la BBC consacrée à notre sujet. Un homme, obnubilé par les jeux, avouait : « Je préfère jouer au casino que de m'occuper de mon neveu. » Les larmes aux yeux, il confessait que c'était plus fort que lui. Puis vint le tour d'une femme trompée qui parcourait des kilomètres la nuit pour espionner son amant perdu. Au comble de la passion, elle avait trouvé l'alcool pour seul moyen de renoncer à ses courses folles.

Je peine à imaginer le conflit intérieur qui la dévore : être obligée de s'enivrer pour éviter d'obéir à ce désir fou, insatiable et douloureux ? Malgré la démesure de sa passion, curieusement, je me sens très proche de son *esclavage*. Avec mes sms, je n'en suis pas très loin. Tout est affaire de degré.

Plus que tout me frappe la lucidité de ces *passionnés*. Leurs discours, pleins de bon sens, montrent que la raison ne les a pas désertés, bien au contraire.

12.

Aujourd'hui, beaucoup de correspondants me conseillent de prendre du recul. Justement, c'est ce qui me fait défaut. Je n'y parviens pas, parce que je me *noie* complètement dans la passion. Je me convaincs de l'observer comme je contemple mes propres enfants, sans mépris et toujours avec bienveillance. C'est pourtant simple : un désir se lève, une colère s'attise, de la tristesse s'annonce et je m'efface.

Je viens de lire une publicité sur l'affirmation de soi. Peut-on véritablement m'apprendre à m'affirmer ? Souvent mal comprise, cette attitude se réduit à une arrogance féroce qui *envoie tout péter*. Comment prétendre être libre alors même que l'on ne fait que réagir, que se positionner par rapport à autrui, ou contre lui ? S'opposer à, s'affirmer, n'est-ce pas une posture d'exilé, de celui qui n'habite pas encore en soi ? Éprouverais-je toujours de la fascination si je nourrissais un sain acquiescement à moi, une *Acquiescentia in se ipso*, pour le dire dans les mots de Spinoza ? Être, devenir soi, tenter d'assumer le chaos intérieur, voilà la grande affaire !

Dans la fascination amoureuse, paradoxalement, c'est toujours moi qui occupe la première place. L'autre n'est que l'instrument, la marionnette, le jouet qui doit combler tous les désirs. C'est l'esclave d'un esclave.

Pour mon malheur, au lieu de m'effacer, je m'affirme, je lutte, je veux posséder. Je veux m'asseoir sur le trône de Dieu, devenir le centre du monde pour moins souffrir. Mais voilà, la place est déjà prise et tant que je n'apprécierai pas la mienne, je différerai constamment la joie. Même si j'empruntais le corps du premier Adonis venu, sans ce juste acquiescement à soi, tout serait amer ou insipide.

Quand la colère m'envahit, lorsqu'une svelte silhouette me fascine, désarmé, je ressens la cruelle impuissance qui va d'abord me révéler, puis peut-être m'enseigner, tout ce que je reçois. Au lieu de fuir, de lutter mécaniquement, je peux déjà, sans interférer, observer avec détachement la vie, cette force qui, ici et maintenant, m'anime. Sans cesse, je suis aussi convié à la gratitude. Même la passion qui me consume en ce moment m'y incite. Je pressens qu'elle féconde du bon et, je le crois, fait naître une liberté. Tout ce qui m'agite peut devenir ainsi le lieu d'un regard bienveillant, d'une conscience nue qui accueille la vie sans crispation.

Ce qui est plus fort que moi tient bien souvent du don car je ne l'ai pas nécessairement choisi : l'attrait pour la joie, l'amour de ma femme, je les ai reçus. De la même manière ou presque, je ne décide pas de respirer et pas plus de faire battre mon cœur.

Idéaux, valeurs, préjugés, désirs, craintes viennent augmenter mon capital mais, en dernier ressort, c'est la vie qui a *fait* de moi ce que je suis. Je crois m'être construit mais j'ai été *fait*.

Sans absolutiser la part de passivité (tout n'est pas passif en moi, je l'espère), je repars à la découverte des fantasmes, des rêves, des aspirations, des désirs, des blessures et des forces qui ont dessiné la vie, la mienne.

Ce qui est plus fort que moi peut, bien évidemment, être sujet à critique. Esclave en voie d'affranchissement, être en devenir, je ne me vois pas renier le legs qui m'échoit : au contraire, je suis *preneur* !

13.

Ce matin, après un tour à pied, j'ai dû préparer une conférence sur le dépouillement. En rédigeant ces lignes, je regarde autour de moi : tous ces livres, ces notes, ces revues… je suis loin d'être dépouillé du tout ! Sans parler de mon désir d'avoir un autre corps. Au fond, j'ai l'oisiveté malheureuse. Je ne sais résider une heure, seul dans ma chambre, tant l'ennui me taraude. Voilà pourquoi je veux posséder, chercher au-dehors matière à mon bonheur, tandis que la joie se cultive à domicile. J'ai longtemps cru que philosophie et spiritualité coïncidaient avec la richesse intérieure. Il fallait donc à tout prix conquérir, m'enrichir de connaissances, d'outils existentiels. Aujourd'hui, je me sens plutôt invité au dépouillement. Il y a un trop-plein, de l'excès, un fatras en moi. Je vois bien qu'un désir effréné me pousse encore à prospecter en tous sens pour trouver quelque remède à la fascination que j'éprouve devant les beaux garçons. Grossière erreur ! Je veux désormais observer la matière humaine dont je suis fait, tenter de la sculpter, car il n'y a rien à y ajouter. Simplement, avec délicatesse, je peux me débarrasser du superflu.

L'ascèse, c'est en faire moins, me suggère ce matin un écrit de Plotin : « Tu étais déjà le Tout, mais parce que quelque chose s'est ajouté à toi en plus du Tout, tu es devenu moindre que le Tout par cette addition même. Cette addition n'avait rien de positif (qu'ajouterait-on en effet à ce qui est Tout ?), elle était toute négative. En devenant quelqu'un, on n'est plus le Tout, on lui ajoute une négation. Et cela dure jusqu'à ce que l'on écarte cette négation. Tu t'agrandis donc en rejetant tout ce qui est autre que le Tout : si tu rejettes cela, le Tout sera présent[1]. »

Plotin éblouit par l'évidente simplicité de sa pensée qui me ramène au dépouillement. La perfection n'advient-elle pas précisément lorsque plus rien n'est à enlever ? Le juste équilibre, la belle proportion, la justesse, voilà qui saura me guider dans ma quête.

De quoi se départir, ici et maintenant ?

---

1. Plotin, *Ennéades*, VI, 5, [12, 19], *in* P. Hadot, *Exercices spirituels et philosophie antique*, *op. cit.*, p. 57.

Plutôt que d'acquérir de nouvelles connaissances et d'engranger toujours plus d'outils, je souhaite ôter ce qui alourdit la statue intérieure. Mes attachements, je le devine, m'offrent l'occasion de cette sculpture intime où, sans mépris, on ose éliminer ce qui pèse. Jamais un sculpteur habile ne se débarrassera d'une matière noble.

Pour l'heure, qu'il me suffise donc de déposer aux pieds de la statue l'illusion de la pleine puissance et d'observer sans complaisance mes forces, mes opacités, mes résistances, en un mot, un matériau infini ! Aurais-je la bienveillance et l'ingéniosité nécessaires à cette œuvre ? Qui oserait, sans autre forme de procès, bazarder l'enthousiasme, la joie, la compassion et l'amour ? Ne *classons* pas trop systématiquement les passions ! Il existe sans aucun doute de bonnes colères ou de salutaires tristesses. Les messages, sans cesse, le rappellent.

Dans le micro-trottoir, un nom revient souvent : l'abbé Pierre. Considérons cet exemple unique ! Je ne suis pas sûr que cet homme de passions ait pu accomplir tant de biens sous l'impulsion exclusive d'un choix rationnel. Sa bonté, je le crois, émanait de tout son être. Franchement, l'imagine-t-on décider un mercredi matin de devenir l'abbé Pierre ? Certes n'est pas, ne devient pas *abbé Pierre* qui veut, et toute décision passionnelle ne conduit pas à pareille élévation ! Le saint homme m'a ébloui lorsque j'ai eu la joie de le rencontrer. Interrompant notre entretien, mon portable s'est mis à sonner. J'ai répondu, embarrassé. Le père a attendu puis a lâché : « Moi, je n'ai fait qu'une concession à la modernité : ça ! » Et il a brandi sous mes yeux son dentier.

Vivifiante, libre et tonique ironie : la sainteté ne peut être que drôle. Réjouissons-nous ! L'abbé Pierre : voilà bien un être totalement dépouillé, offert, donné à l'autre, affranchi de lui ! Il me faut donc regarder devant moi pour quitter un peu ce besoin de posséder, d'amasser pour me délaisser, fût-ce d'un bagage spirituel ! Mes tiraillements me font dégringoler du trône où m'avait placé ma suffisance. Ma faiblesse tient précisément à cet oubli de ma vulnérabilité. Je ne sais pas l'accueillir, je ne sais que la meubler, tenter de vainement combler un vide. Sur le coup, j'aurais bien envie de me débarrasser une fois pour toutes de mes attachements. Mais me voilà encore à fuir la faiblesse…

14.

J'ai pris l'habitude de philosopher chaque matin avec mes enfants, je tente de leur transmettre un certain regard sur la vie. Aujourd'hui, en les conduisant à l'école, je livre donc comme à l'accoutumée ma doctorale petite leçon de *choses*. Nos entretiens roulent de la pollution au bon usage des feux rouges, de l'éloge de la singularité au respect de l'autre en passant par la peur, la prudence, les exercices spirituels ou le racisme d'affiches publicitaires qui, ces temps, font froid dans le dos. Ainsi le spectacle du monde et de sa cruauté, ou plutôt de sa précarité, me pousse à planter quelques germes féconds dans leur cœur. Déjà, je voudrais susciter en eux une réflexion, du recul (mot qui revient si souvent dans les messages), voire un brin d'esprit critique.

De leur bouche tombe parfois quelque oracle. Lorsqu'ils m'obligent à laisser de côté toute référence superflue aux philosophes – sitôt que je mentionne Spinoza, ma fille prend son air malicieux pour me dire : « J'en ai marre de Spinoza ! » Ou quand ils répondent à mes questions avec une roborative simplicité. Ce matin, ils sont restés hésitants face à ma question : « Pourquoi va-t-on à l'école ? » Je n'ai pu m'empêcher de donner ma version : « Pour être dans la joie. Savoir lire, écrire sont des cadeaux, ils aident à vivre »… Comme je n'obtenais toujours aucune réaction, j'ai renchéri : « Et vous savez ce qu'est la joie ? » Tout sourire, mon fils, en pleine phase anale, a répondu : « Faire un beau caca », alors que ma fille précisait : « La joie, c'est être content. »

Être content, voilà une évidence ! Elle me rappelle l'invitation de Spinoza, qui m'habite presque quotidiennement : « Bien faire et se tenir en joie. » Je crois bien que si je possédais l'*Acquiescentia in se ipso*, le contentement, je cesserais d'envier le sort des beaux gosses et ma fascination pour Z tomberait d'elle-même, sans effort.

Mais le plus dur, c'est de croire en la possibilité de ce contentement sans se braquer, sans multiplier avec volontarisme les exercices spirituels ni se réfugier dans l'immobilisme par peur de le perdre. Dans mon sevrage, j'ai encore trop tendance à m'agiter, à bander ma volonté. Pour me calmer, je relis les messages du micro-trottoir du jour. Je m'aperçois que pour cheminer doucement vers cette liberté, il me faut un viatique. Les internautes ne s'y trompent pas : certaines passions font de lourds dégâts. « La fascination crée le manque », « La cupidité nous fait tout sacrifier pour elle », « La jalousie nous emprisonne »… Je concède que pour dépasser cela, un moteur puissant est nécessaire, ne serait-ce que pour échapper à la force d'inertie des passions et, paradoxalement tenter l'inaction. Dans *Humain, trop humain*, Nietzsche dégage une voie royale : « Chaque fois que notre âme se repose sous les rayons de soleil de la joie, elle jure involontairement d'« être bonne », de « devenir parfaite[1] ». Lumi-

1. F. Nietzsche, *Humain, trop humain*, par. 339, « Opinions et sentences mêlées », *in* F. Nietzsche, *Œuvres*, *op. cit.*, p. 812-813.

neuse invitation qui pourrait faire de la joie un guide, un moteur, sur les chemins de l'existence. Nous conduira-t-elle vers la profondeur et le don ? Nous rendra-t-elle, par sa fécondité, meilleurs ?

Pour le moment, retenir que la joie n'advient pas qu'au bout du chemin. Ce serait sans cesse la différer et cruellement se priver des fruits qu'elle prodigue avec mille largesses. Elle est l'unique bagage que je me dois d'emporter. Souvent, je sacrifie le plaisir de cheminer pour ne considérer qu'une idéale et trop lointaine destination : « Quand j'aurai accompli cela, je serai heureux ! » Aujourd'hui, je me prends à rêver d'une ascèse qui conjugue repos et exercices spirituels, en douceur !

Comment savourer la joie dans le présent ? Comment cesser de vivre toujours à un stade préparatoire ?

« La joie, c'est être content. » Ainsi parle ma sage et innocente fille et l'ami Spinoza de confirmer : « La Béatitude n'est pas la récompense de la vertu, mais la vertu même ; et nous n'en éprouvons pas la joie parce que nous réprimons nos désirs sensuels, c'est au contraire parce que nous en éprouvons la joie que nous pouvons réprimer ces désirs[1]. » Me voilà fort loin d'un ascétisme chagrin, d'un renoncement sans joie qui anesthésie plus qu'il ne délivre. Pour me détacher des passions tristes, pour diminuer peu à peu les dépendances, je veux et dois glaner la joie où elle se donne, demeurer au soleil.

Dans l'épreuve, donc, face aux tiraillements, percer le brouillard et trouver les rayons de joie, dans une rencontre, dans le rire d'un enfant, auprès de l'ami. Dans mon obsession, je reste dans la brume sans oser une percée vers le soleil. Observer plutôt, déceler les sources et réveiller dans le *fond du fond*, ce baume et ce fortifiant.

1. B. Spinoza, *Éthique*, *op. cit.*, V, prop. 42, p. 320-321.

La joie se découvre alors, son feu s'alimente. Mais je m'exalte. Je dois me souvenir de ce jeune homme qui, il y a peu, au terme d'une conférence, m'a mis échec et mat : « Et si on ne l'a pas, cette joie. On fait quoi ? »

Je suis resté muet.

Dans mon histoire, la joie m'a été donnée par l'autre, par les rencontres. Un certain caractère, un état d'esprit, beaucoup de chance, voilà les mille et un hasards qui en ont fait ma compagne.

« Et si on ne l'a pas, cette joie. On fait quoi ? » Spinoza, encore lui, apporte un élément de réponse. À ses yeux, la Béatitude n'a pas de commencement. Justement, la Béatitude, la joie suprême, c'est la satisfaction de l'âme, la connaissance de Dieu[1].

Mettre ses pas dans ceux de Spinoza et comprendre que pour accéder au contentement de l'âme, il s'agit de se savoir partie d'un tout afin d'assumer son existence… Mais la crainte est là : si la Béatitude n'a pas de commencement, et si je ne la possède pas, me voilà décidément mal barré ! Le casse-tête paraît énorme. Puisque la joie suprême n'a pas de commencement, c'est que, peut-être, déjà elle se trouve en nous, au *fond du fond*. De même que je suis déjà nu sous mes vêtements, de même la joie est là, dissimulée sous l'épaisse brume des passions tristes, des désirs artificiels et des peurs. J'ai donc tort de supposer que je goûterai à la joie inconditionnelle une fois réglée la fascination pour Z. Par définition, la joie inconditionnelle, c'est tout de suite, sans condition ! Difficile cependant d'y croire lorsque tout tourne mal, quand me voilà au fond d'un gouffre, quand je me précipite vers un sms pour calmer mes démangeaisons passionnelles !

1. B. Spinoza, *ibid.*, V, prop. 33, p. 313. En effet, l'Amour intellectuel de Dieu, qui est la Béatitude, est éternel.

Voici peut-être l'infime marge de manœuvre : tel un sourcier, me rapprocher de la source, chercher les lieux où elle jaillit, révéler la joie qui surgit d'un rapport neuf à l'existence, au Tout qui entoure, qui ouvre, dilate notre être. Je perçois que l'obsession relève de la privation, qu'elle me coupe de la joie : elle est le voile qui la cache. Dès lors, loin de me raidir, je souhaite oser voir sous le voile. Quelle meilleure image de celui-ci que ces yeux braqués sur un texto, qui ignorent le monde et toute la beauté qui environne ce malheureux message ! Ce qui est merveilleux dans la pensée de Spinoza tient précisément à ce que son ascèse consiste à développer un amour de soi, un accueil inconditionnel de la réalité.

En écrivant ces lignes, je mesure combien je m'égare lorsque je dis : « Comme la vie serait plus belle sans ce foutu handicap ! »

15.

Tout à l'heure, dans le métro, devant les regards curieux ou apitoyés, je n'ai pas pu m'empêcher de penser à l'acquiescement à soi. « Si tu ne faisais pas si grand cas de toi, tu t'en *foutrais* et tu jubilerais en toute occasion », me suis-je dit. En ce moment, une unique chose compte : me saturer de joie, la trouver partout, dans le jeu avec mes enfants, dans une lecture, dans la rencontre. Elle seule peut me détourner pour un temps de mon obsession et du manque cruel qu'elle engendre.

À propos de lecture, je suis en train de lire *Don Quichotte de la Manche*. Il me fait rire, ce curieux personnage. Inévitablement, j'ai rapproché sa Dulcinée du Toboso de mon maître en détachement. Pour notre preux chevalier, la première paysanne venue a servi d'égérie. Il ne tarit pas d'éloges, la prend pour la plus belle femme du monde. « Sa patrie, le Toboso, un bourg de la Manche ; son rang, pour le moins princesse, puisqu'elle est souveraine de mes pensées ; et sa beauté surhumaine, puisqu'en sa personne se réalisent les impossibles et chimériques attributs dont les poètes parent leurs maîtresses. Ses cheveux sont de l'or, son front des champs élyséens, ses sourcils deux arcs célestes et ses yeux deux soleils ; ses joues sont des roses, ses lèvres des branches de corail, ses dents autant de perles ; elle a le cou d'albâtre, la gorge de marbre, les mains d'ivoire et la blancheur de la neige. Quant à ces parties que la pudeur impose de voiler aux regards humains, elles sont telles, selon ce que je puis juger et imaginer, qu'elles n'admettent pas la comparaison, mais seulement les éloges[1]. » Moi aussi, je pare les garçons normaux de toutes les merveilles du monde.

Ce n'est pas un sain acquiescement à soi qui idéalise l'autre, en lui donnant le droit de vie ou de mort sur notre joie, mais bel et bien une espèce d'égocentrisme mal assumé, un égoïsme boiteux qui cherche à se consolider. Un internaute confirme : « Le passionné, narcissique, replié sur lui-même, croit se faire du bien alors même qu'il se détruit. » Se faire du bien, trouver la joie et chasser la tristesse, voilà le chemin. Plus nous sommes attachés, ligotés à nous-mêmes, plus nous sommes voués à la souffrance et plus nous nous coupons de la joie. Moins nous sommes transparents à nous, plus nous idéalisons ou dégradons autrui – c'est la même chose au fond.

1. M. de Cervantes, *L'Ingénieux Hidalgo. Don Quichotte de la Manche*, t. I, chap. XIII, Paris, Seuil, 1997, p. 144.

Dans le malheur, une sorte de réflexe nous porte, hélas, à cette dépendance…

Alors que le bonheur s'apparente à la quête d'un idéal jamais atteint, la joie correspond, à mes yeux, à une simple et sobre adhésion à la réalité. Au contraire du bonheur qui paraît exclure hauts et bas, rechutes et manques, elle pourrait cohabiter avec mes blessures et les accidents de parcours.

Plus que tout, je me méfie des joyeux du dimanche, de la dictature de l'euphorie et de tous ceux qui nient la difficulté de vivre et la précarité de notre condition. Cependant, au cœur de mes tourments, je dois persister à considérer la joie ; au moins tout mettre en œuvre pour ne pas l'entraver. La joie, c'est la manière de vivre cela sans aigreur. *L'amour de la vie* pourrait bien être son autre nom.

De bonne heure, je l'ai rencontrée dans des cœurs pourtant meurtris. J'ai alors cherché à la comprendre, à la saisir. Insaisissable, elle tient de l'adhésion au réel. Dans la joie, la réalité ne pose plus problème. Libéré de toute velléité de changement, pourquoi lui résister ?

Je crains de passer pour un fataliste, pour un être finalement résigné. Pourtant, je suis convaincu que c'est en assumant totalement le réel que je *combats* le plus activement la souffrance. D'ailleurs, celui qui adhère à la vie, vraiment, à chaque instant – et il ne s'agit ici pas de se charger d'un fardeau –, celui-là reçoit la force de progresser. Ce qui me prive en ce moment de la joie, ce n'est pas tant ma jalousie des autres garçons, mais le refus de cette jalousie. Une part de moi résiste, voudrait terrasser cette envie et se coupe dès lors du réel. De là viennent mille tiraillements.

En somme, faire corps avec le réel, ce n'est ni abdiquer ni tolérer l'inacceptable mais bien plutôt l'épouser. Je me casse les dents pour désidéaliser les garçons de mon âge et rien n'y fait. Viendra-t-il le temps de l'acceptation où j'ose la reddition ? Oui, je refuse mon corps. Oui, il m'oppresse. Oui, c'est un poids… Mais ce n'est pas un problème !

La résignation me guette tout de même. Devant tant de luttes, je me surprends, en effet, à croire que jamais je ne changerai et qu'il se présentera toujours un X, un Y pour réveiller ma jalousie et révéler mes infirmités. Cette passion, plus forte que moi, peut facilement me pousser au découragement : pour m'avancer sur ce chemin de crête, tout un art, toute une finesse, du discernement sont donc requis.

Allons tout de même au dodo !

16.

Ce soir, j'ai vécu un moment de pur bonheur, la joie parfaite en somme. Au lit, j'écoutais narrer les aventures de Don Quichotte lorsque ma fille est venue se blottir contre moi, un grand sourire aux lèvres. Elle a ri quand la voix de l'ami qui a enregistré ce pavé a prononcé le nom de Dulcinée du Toboso. Je l'ai alors serrée de toutes mes forces contre moi. En fait, j'ai tout, je suis heureux : une femme qui m'aime, des enfants rayonnants de santé, un métier qui me plaît et beaucoup d'amis. Z révèle simplement ce que je ne serai jamais et la vue des garçons *normaux*, ou du moins ceux qui n'ont pas de handicap aussi manifeste, éveille une nostalgie qui vient tout bousiller. Hier, j'ai demandé à mon épouse : « Tu crois qu'avec un ventre plat, j'idéaliserais un peu moins les garçons ? » « Peut-être ! Mais là n'est pas la question. Veux-tu vraiment être détaché de cette obsession ? » Je comprends que je me suis attaché à un poison. Ma fascination pour le corps idéal que je n'ai pas me donnerait-elle un inavouable plaisir ? Peut-être que j'y trouve mon compte, dans cette souffrance qui m'accable ? Ma femme m'a en tout cas invité à m'interroger sur ma détermination.

Il y a peu, j'ai décidé de ne pas me braquer et d'oser l'abandon. Et voilà qu'aujourd'hui je parle de détermination ! Comment concilier l'un et l'autre ? Peut-être en me rappelant la bonne vieille distinction stoïcienne : certaines choses dépendent de nous, d'autres pas, et me garder d'enfermer une fois pour toutes mes difficultés dans l'une de ces catégories, chaque jour *faire avec* les ressources de l'instant. *Ici et maintenant*, qu'est-ce qui est en mon pouvoir ? *Ici et maintenant*, quelle est l'étendue de ma puissance ?

Assumer l'obsession qui m'assaille. Quand j'ai serré Victorine dans mes bras, par exemple, j'ai eu l'impression d'adhérer facilement à la vie tout entière, telle qu'elle est. Puis une ombre est venue. Comment accepter qu'un jour mes enfants meurent ? Comment accepter la certitude que tôt ou tard je vais souffrir ; que, quoi que je fasse, d'autres épreuves, de nouveaux malheurs se pointeront ?

Et si je commençais simplement par adhérer à mon adhésion imparfaite ?

C'est l'idéal qui, trop exigeant, m'épuise et me tue.

Ici et maintenant... Ma fille a regagné son lit et je repense au *maître en détachement*. Pourquoi gâcher la joie, se détourner de la richesse du réel pour ne voir que ce qui manque ? L'art de me tenir en joie nécessite au moins un petit effort. Pour l'heure, je ne puis pas tout à fait me contenter du réel. Et il est des instants où, même imparfaite, l'adhésion est inaccessible. Oser pourtant inventer une autre stratégie, ne pas me laisser submerger par ce qui est plus fort que moi. Montaigne m'indique une astuce en constatant dans ses *Essais*, au sujet de la tristesse, que rien ne sert de s'opposer à la passion car on ne fait que l'attiser[1]. Adhérer à l'instant, c'est donc aussi pratiquer l'art de la diversion. Paradoxe singulier ! Une pause pour retrouver des forces, une trêve pour reprendre le souffle, presque une fuite, et voilà que je suis ramené plus fort à la réalité ! Détournement salutaire, surtout lorsque l'instant se fait trop aride, quand la joie semble éteinte.

Tout à l'heure, tandis que Don Quichotte de la Manche ferraillait dur, ma fille dans les bras, j'ai deviné que la joie relevait d'une simplicité pure, sans bagages, d'une sobre mais entière adhésion à l'existence. Pour un temps, je me trouvais délivré des regrets, des remords et de mes vains désirs. J'avais laissé de côté tout ce qui arrache à la vie pour accueillir tendrement et à fond le présent. Mais pourquoi diable est-ce que je persiste à rêver d'avoir un autre corps ? À quoi bon ces nocives extravagances ? Le regret nous rend deux fois malheureux : la première, de ne pas avoir réalisé ce que nous désirions ; la seconde, de réactiver la tristesse en nous reprochant de l'éprouver. Tout le contraire de la joie, dans laquelle nous ne jugeons pas la vie !

Bêtement, je juge trop ! Mais voilà encore un jugement ! Comment y échapper ? Est-ce seulement possible ? Pour assumer tout ce que je découvre en moi, je dois contempler, sans trop commenter, le chaos que je

1. M. E. de Montaigne, *Essais*, l. III, chap. IV, Paris, Le Livre de Poche, 2001, p. 1297.

rencontre : fascination démesurée, obsessions absurdes, envie de posséder l'autre, craintes, jalousies…

Certes, ne se débarrasse pas qui veut d'une obsession ! Cependant, s'il existe une petite marge de manœuvre, la voici : regarder un peu ailleurs. Dans une existence, il n'y a peut-être que fort peu de choix vraiment libres. Repérer les sources de joie pour s'y désaltérer n'est pas une mince affaire ! Pour ne pas m'épuiser dans le combat, je dois donc connaître les endroits où me recréer et renouveler mes forces. Souvent, j'y retournerai pour affronter les épreuves et chasser le découragement. Utile et vital savoir : discerner ce qui régénère véritablement.

Et maintenant, hop, au lit ! « La joie, c'est être content ! »

17.

En ce dimanche, Z est absent : ni téléphone, ni courriel, juste un tout petit sms. J'en profite pour relire les réponses au micro-trottoir. Un internaute lance la question qui tue : « Pourquoi discourir sur les passions ? Que cherchez-vous donc dans la vie ? » Déconcertante interrogation qui pousse à resserrer mon enquête.

Qu'est-ce que je veux de la vie ?

Je cherche la joie inconditionnelle, ce moteur et ce guide. C'est clair. Mais, précisément, qu'est-ce que j'attends de l'existence ? Évidemment, être débarrassé de cette fascination pour le corps que je n'ai pas, qui m'assomme ce matin. Allons plus loin ! À côté de ce souhait, une foule de désirs : moins souffrir, obtenir la paix du cœur, ne plus subir de moqueries, voir mes enfants me survivre, avoir un ventre plat… Les attentes se succèdent sans que le tourbillon jamais ne s'arrête. Mais quels sont cependant les désirs *profonds* qui m'animent ? Et comment m'y prendre pour les *accomplir* ?

Qu'est-ce que j'attends de l'existence ?

Jamais je n'ai véritablement pris le temps d'y songer à fond. Or, l'irrésolution se paie cher en cette matière. Comment atteindre le contentement alors que j'ignore ce que j'attends fondamentalement de l'existence ? Et dire que je m'étonne encore de mon *insatisfaction chronique* ! Donc mettre un peu de vigilance dans le tourbillon quotidien qui m'entraîne et plus d'une fois me perd… Moins de tiraillements, moins de hauts et de bas, voilà *en gros* ce à quoi j'aspire avec tant de force ! Surtout, je ne veux plus de ce cœur lourd, fragile, à la merci du premier sentiment venu. Je souhaite la joie inconditionnelle. Saurai-je me donner les moyens de l'atteindre sans me braquer ? Est-ce seulement réalisable ?

Cet après-midi, j'ai croisé dans la rue un beau jeune homme. Dans ma tête, le jugement, impitoyable, est tombé : « Espèce de connard ! » Comme je suis loin de la joie inconditionnelle !

Qu'est-ce que je veux, *véritablement* ?

Je devine que mon mode de vie m'éloigne souvent de mes aspirations profondes. Ce qui me fait courir ne correspond pas toujours, loin s'en faut, à ce que je désire vraiment. C'est parfois même carrément le contraire ! Par exemple, cette attente des textos de Z, cette agitation perpétuelle qui me fait courir en tous sens, cette incapacité de faire une seule chose à la fois…

Qu'est-ce qui me met *profondément* en joie ?

Lorsqu'il s'agit de m'engager sur une voie, de prendre une décision, la joie sert évidemment de guide. L'écouter, c'est souvent aller contre moi, contre les caprices et les désirs de surface. C'est elle qui m'a conduit vers le sevrage et Dieu sait ce qu'il me coûte ! Quand des craintes ou des désirs superficiels voudraient à tout prix m'inciter à la facilité, voici qu'elle exige l'effort et que, comme toujours, elle vise un bien plus authentique. Plus fondamentalement, entendre ses appels, c'est résister à la peur, aux automatismes et parfois aux sirènes du plaisir. Si la tristesse use, la joie donne des ailes, prodigue la force de respecter ses ordres. Aujourd'hui, elle me somme de jeter mon portable, mais je ne puis lui obéir. Déjà, je veux m'en détourner pendant une heure. Après, advienne que pourra !

Pourtant, nulle libération n'est possible sans joie ! Féconde, gratuite, elle n'a évidemment pas à prouver son utilité. Ces temps-ci, je relis souvent le début du *Traité de la réforme de l'entendement* de Spinoza. Les paroles du maître me rappellent les déceptions, les blessures, les manques d'un cœur en proie à l'insatisfaction, aux tiraillements. Quoi de plus essentiel que cette quête : « L'expérience m'avait appris que toutes les occurrences les plus fréquentes de la vie ordinaire sont vaines et futiles ; je voyais qu'aucune des choses, qui étaient pour moi cause ou objet de crainte, ne contient rien en soi de bon ni de mauvais, si ce n'est à proportion du mouvement qu'elle excite dans l'âme : je résolus enfin de chercher s'il existait quelque objet qui fût un bien véritable, capable de se communiquer, et par quoi l'âme, renonçant à tout autre, pût être affectée uniquement, un bien dont la découverte et la possession eussent pour fruit une éternité de joie continue et souveraine[1]. » Je me prends à rêver de troquer une obsession par une autre : ne plus être assiégé par l'envie d'être comme Z et me lancer corps et âme, tout entier et sans retenue, dans la joie.

Pour l'heure, je souhaite plus sobrement l'écouter pour m'interroger tout simplement : comment ne pas entraver mon désir profond ?

18.

Frais comme un gardon, je sors de chez l'ostéopathe. Un passant m'accoste : « Vos livres m'ont aidé dans une sacrée passe. Merci de tout cœur ! » Plein de gratitude à mon tour, je continue ma promenade en songeant à la chance que j'ai d'écrire. Alors que je passe à proximité d'un groupe de jeunes filles, j'entends des éclats de rire, puis l'une d'entre elles s'exclamer : « Tu n'as pas honte de te moquer d'un handicapé ! » En dix minutes, j'ai tout eu ou presque ! Mon ami B me dit souvent que le sage est au-delà de la louange et du blâme. Sensible à l'un autant qu'à l'autre, mon humeur fait décidément les montagnes russes… et n'est pas encore celle d'un sage !

Quoi que l'on fasse, il y a toujours un pépin dans la journée, une difficulté imprévue, une aventure qui ne tourne pas rond ou qui tourne carrément mal. Une femme m'a dit un jour que les tracas quotidiens, c'était finale-

1. B. Spinoza, *Traité de la réforme de l'entendement*, par. 1, Paris, Flammarion, 1964, p. 181.

ment le loyer de l'existence. Quelque chose me déplaît dans cette idée, car la vie tient du don, elle ne se monnaie pas. Pourtant, elle m'aide à oublier ces railleries matinales. Poursuivant ma route, je hâte le pas vers une papeterie pour faire photocopier un ouvrage épuisé. Je trouve la porte du magasin close. Le livre sur l'ascétisme des Pères du désert attendra. Devant la grille, pourtant, je m'agite, m'agace… C'est de tout cela que je veux me libérer. Plus de tourments, plus de sautes d'humeur, plus de hauts et de bas, en somme. Est-ce prétentieux, impossible ?

Spinoza explique quelque part que l'acte même de comprendre ses passions contient déjà en lui-même un effet libérateur. Ainsi, lorsque je saisis les déterminismes qui pèsent sur moi et que je cerne les causes de mes faux pas, je sens comme un souffle léger de liberté, certes minime, mais réel. J'acquiers une connaissance intime qui n'est pas sans joie. Par exemple : c'est parce que je cherche chez les Pères du désert une médication de cheval apte à me guérir de mes fascinations que je suis si impatient, que je piétine devant le magasin fermé. En fait, je considère ce livre comme si ma vie en dépendait.

Et devant la risée dont je suis l'objet, je ne sais pas oser la transparence, me laisser traverser sans résister par les éclats de rire. En gros, j'ai sacrifié, je sacrifie, je sacrifierai la joie du moment pour une illusoire libération. Je peux commencer dès à présent à oser la reddition, avec mes doutes, mes faiblesses, ma fragilité.

Finalement, je trouve quelque chose de rassurant à songer que quoi que l'on fasse, il y aura toujours des pépins dans la journée. Voilà qui m'aide à abandonner une lutte aussi épuisante qu'acharnée, à risquer l'abandon, à baisser les armes !

19.

Sur le site Internet d'un journal, je lis un fait divers qui anime les esprits depuis quelques jours : lors d'une visite au parc de Berne, une personne handicapée mentale a laissé tomber ses affaires dans la fosse abritant un ours. Désemparé, le jeune homme a aussitôt sauté pour récupérer le sac qui contenait la photo de son amie. L'animal, qui n'a fait que son devoir d'ours, l'a mordu à plusieurs reprises, en le traînant sur quelques mètres. La police a dû intervenir en tirant sur le plantigrade. Sur le site de la feuille de chou, certains commentaires font froid dans le dos : « Pauvre bête ! J'ai beaucoup de peine pour l'ours », « Si le gars s'en sort, il faudra lui envoyer la facture du vétérinaire. Quel sombre idiot ! »... Finalement, Finn, le pauvre ours, s'en sortira. La bête reçoit même des pots de miel et... des billets d'encouragement ! Quant au jeune homme, il n'a pas cette chance. Non seulement il s'est attiré la foudre de certains citoyens outrés, mais son père a fait l'objet de menaces de mort. Les passions se déchaînent !

Accepter, accepter, accepter ! La joie relève du non-refus. L'affaire est entendue, limpide, claire, nette. Cependant, tout m'y arrache et le sort de cet homme aurait de quoi me faire hurler d'indignation. Oui, la solitude de ce garçon me bouleverse. Je sens naître en mon cœur un début de révolte. Comment accepter complètement les *règles du jeu* de cette vie ? Transformé en preux chevalier, je voudrais combattre tant de niaises cruautés. Le sort de l'*infortuné* de la fosse ravive toute l'absurde dureté de l'existence. Certes, la vie a son lot inévitable de souffrances, mais n'en rajoutons pas par ignorance, par pure bêtise et par égoïsme.

En dose homéopathique, la révolte peut, je le pressens, apporter quelque soulagement, et pourquoi pas de l'apaisement. Plutôt que de m'indigner, je devrais *in fine* considérer ce que je veux faire pour l'homme. Assurément ni la rage ni la colère ne changent rien, elles m'éloignent même de la joie et me rendent inefficace. Si la joie vient de l'adhésion au réel, elle requiert au contraire que j'assume chaque étape de la vie, y compris mon indignation. Elle implique aussi que je ne rejette pas ma tristesse ni mes accès de fureur. Afin que je ne tombe pas dans une gaieté de façade, dans une comédie, elle le réclame. Je ne parle évidemment pas ici de l'hilarité des fins de soirée où nous nous vautrons sur la table ou même dessous !

La joie vient d'une adhésion qui, à son degré suprême, accepte *l'imperfection du monde*. C'est l'« éternité de délices », l'amour intellectuel de Dieu qu'appelle de tous ses vœux Spinoza. Dans sa pureté, elle n'a pas de causes, elle se réjouit sans elles. Cependant, avant d'y accéder la route est assez longue…

Dans *Une vie bouleversée* (son journal !), Etty Hillesum me délivre d'une tentation : « Ce matin, je me suis octroyé une demi-heure de dépression et d'angoisse[1]. » Si je repense à mon enfance, je vois bien que les moments tristes, les chagrins et la peine, je ne les ai pas vécus *à fond*. Je n'ai fait que les accepter en surface. Par peur, j'ai en effet pu jouer une comédie. Les souvenirs douloureux, rejetés, agiraient-ils comme des bombes à retardement qui, tôt ou tard, si je ne les désamorce pas, me *péteront à la gueule* ? Pour épuiser et purifier les germes de la tristesse qui viendraient durablement à pousser en moi, il me

1. E. Hillesum, *Une vie bouleversée*, Paris, Seuil, 1995, p. 70.

faut… je tremble en écrivant de tels propos… Oser une *reddition totale* devant eux ?

Loin de la complaisance, une telle attitude exige que, sans protection, j'écrive ce qui fait si mal. Quand tout me pousse à la fuite, rester disponible et affronter la tempête. Permettre au moins au gros temps de passer ! Plus je l'évite, plus il me menace.

Je devine qu'il est des blessures dont je ne guérirai jamais. Loin d'être accablant, le constat libère et m'allège déjà du poids d'une illusoire guérison totale. Cependant, le sort du jeune me trotte dans la tête. Une contradiction douloureuse me saute aux yeux :

Petit a : je veux absolument moins souffrir.

Petit b : l'expérience montre que je vais souffrir quoi que je fasse (sclérose en plaques, trahison d'un ami, cancer, leucémie, accident de voiture, perte d'un enfant, tout est possible… je poursuis à l'infini la liste des tuiles qui peuvent me tomber dessus)…

Comment me départir de l'illusion que je ne peux pas éviter toute souffrance ? Est-ce que je veux seulement la perdre ?

20.

Dans les « Espèce de connard ! » qui surgissent malgré moi à la vue d'un beau jeune homme, il n'y a pas qu'une jalousie féroce, mais aussi le refus de ce monde, de ses valeurs. Je *rame* tellement pour accéder à un peu de paix et pour assumer le quotidien que la réussite apparente de ceux qui répondent mieux aux canons actuels me rend parfois amer. J'oublie assez vite que la joie est un état d'esprit et qu'il ne suffit pas d'être dépourvu de handicap ni d'avoir une silhouette de rêve pour goûter la béatitude. J'y ai songé en pénétrant tout à l'heure dans une librairie, ce qui ne m'a pas empêché d'acheter un livre sur le *relooking* ! Lorsque la libraire m'a demandé si c'était pour moi, je me suis surpris à répondre : « Bien sûr que non, j'ai un ami qui ne se trouve pas très beau et si je peux l'aider, pourquoi pas ! » Si l'on s'avisait que celui qui donne des conférences sur l'acquiescement à soi *se livre* à de telles lectures…

Épuisé par tant de courses, j'ai fait le mort dans le métro : aucune tension, tête baissée, les bras vers le sol. Et si c'était cela l'acceptation : faire le mort ? Pour mieux renaître et s'en donner à cœur joie. Devant un groupe d'insouciants jeunes hommes, je repense à l'histoire de l'ours. Oui, je refuse ce monde. Les humiliations, les déceptions m'en détournent ! L'acceptation me semble si loin. Je suis de plus en plus convaincu, pourtant, qu'elle ne réclame pas nécessairement un effort, une lutte. Jamais je ne serai ce beau blond à la silhouette svelte, à l'allure désinvolte, jamais ! Et alors ?

Jamais, dans mes commentaires, je n'adhère à la réalité. Je me compare, je me soumets au règne de l'apparence. Je m'évertue à oublier qu'autrui a aussi ses problèmes.

21.

Pourquoi ma fascination pour les garçons *normaux* résiste malgré mes efforts ? Patience et courage, voilà ce que je souhaite cultiver. Et surtout, me départir de cette volonté effrénée d'une guérison totale.

Inévitablement, je repense à la rencontre improbable qui, voici quelque temps, m'a fait connaître des rescapées de la prostitution. Lors d'un voyage pour Terre des hommes[1], une association humanitaire, j'ai pris part à une étrange fraternité rassemblée dans une petite maison de Katmandou. Trois femmes meurtries et un infirme. Ils partagaient le thé, par terre. J'osais à peine porter mon regard sur ces trois Népalaises qui, après des mois de calvaire dans des bordels de Bombay, venaient juste d'échapper à l'esclavage. Je peinais à imaginer toutes les humiliations subies : je ne voulais pas que mes yeux effleurent ces corps naguère vendus.

Tout nous séparait : culture, langue, religion, passé… Pourtant, une communauté de sort s'est révélée peu à peu. Comme je peinais à gravir les quelques marches de l'entrée, nous avons éclaté de rire. La responsable du lieu a même attrapé mon pantalon pour que je ne me casse pas la figure. Devant ces femmes, je me souciais de mon physique comme d'une guigne. Il semblait que leur regard allait directement au cœur, au fond.

Durant le moment partagé avec ces inconnues, j'ai senti naître une fraternité. Leurs rires laissaient presque espérer l'éventualité d'un *happy end* à l'histoire qu'elles me contaient. Il n'en était rien. J'ai dû écouter le récit d'une abominable nuit : une Népalaise, exploitée par un proxénète, s'enfuit dans la jungle dans l'espoir qu'une bête sauvage vienne l'arracher à son sort. Mais après de longues heures d'angoisse et de solitude, l'aube arriva sans la délivrance et le souteneur la reprit.

Je savais désormais qu'il existe d'irréparables blessures. Au cœur de notre intimité fugace, une femme a

1. La fondation Terre des hommes a comme mission essentielle l'aide à l'enfance. www.tdh.ch

lâché : « Je ne serai jamais heureuse tant qu'il y aura du trafic d'enfants, je ne serai jamais heureuse après l'humiliation que j'ai subie. » Pour ne pas être *que* spectateur de ces souffrances, pour ne pas consommer ces propos, j'ai fini par oser une parole.

Mes mots ont trébuché.

J'ai raconté l'histoire de la gamelle qui me touche tant et m'inspire aujourd'hui : si vous nourrissez un chien affamé, vous pouvez le battre, le battre encore, il reviendra certainement le lendemain. Mais sans doute les blessures, les manques subsisteront à jamais… Accepter que nous ne guérirons peut-être jamais de nos carences ni de nos plaies, assumer que les coups du passé peuvent hanter une âme pour nous ouvrir aux dons du jour et, pourquoi pas, les partager. Voilà à peu près tout ce que nous pouvons faire !

Avec la même voracité qu'un chien, ne recherchons-nous pas ce qui nous a manqué, au prix de grandes douleurs ?

Comme je redescendais les escaliers, une femme m'a soutenu de la main mais sa douceur m'a fait souffrir. Je me suis demandé comment je pourrais me montrer digne de leur accueil et ce que je pourrais concrètement faire pour elles. En regagnant le siège de Terre des hommes, j'ai perçu que, comme ces femmes, il se pourrait que je meure d'incurables blessures, que je ne tourne jamais définitivement la page sur certaines épreuves. Alors j'ai ressenti une joie immense, la perte de l'illusion d'une guérison totale.

Devant mes obsessions, ce qu'il me faudrait, c'est revenir sans cesse à cette intériorité, faire le mort, ne pas refuser les blessures ni croire qu'un corps ravissant et *valide* résoudrait toute la difficulté de vivre. Pour l'heure, suffit-il de dire : « Je n'accepte pas toujours ma condition mais ce n'est pas un problème. » Est-ce trop demander ? Pour commencer, je peux déjà accepter que je n'accepte pas. *Ici et maintenant*, il est impossible d'adhérer « clé en main » à la réalité avec ses beaux blonds, ses ours et ses injustices.

22.

Ce matin, encore aperçu (quel connard !) un élégant jeune homme. Cette rencontre m'a agité. D'accord ! Je commence à comprendre : les beaux corps me renvoient à l'improbable nostalgie d'une facilité de vivre que je n'ai pas. J'aimerais avoir leur assurance et leurs grâces. Passer une journée dans le corps de ce jeune homme, me gorger du plaisir de se sentir léger et insouciant, déambuler tout fier dans la rue, recueillir les regards effleurant ma silhouette bien faite. Je rêve du corps parfait, capable de jouir d'une existence sans heurts. En somme, d'une satisfaction totale, d'un hédonisme radical…

Je louche sur des mâles idéaux qui me révèlent mes manques, mon insatisfaction et surtout mes illusions ! Si la raison sait que je me trompe, mon cœur doute encore. Qu'est-ce donc que je n'accepte pas en cette vie ?

Dernier rendez-vous chez le médecin pour une prise de sang : plus je luttais pour ne pas bouger, plus mon bras, spastique, faisait des siennes. Sentiment d'une impuissance totale devant le corps rebelle. Soudain, un mot s'est imposé : « D'accord ! » Et la lutte s'est peu à peu apaisée, le calme s'est fait *malgré moi*. J'aime ce que le corps enseigne.

« D'accord ! »

Je souhaiterais être ce jeune homme à l'allure sportive. D'accord ! Entre résignation et fatuité, entre fuite de soi et complaisance, oser un subtil et délicat équilibre alors qu'en tous lieux je trimbale le *commentateur* intérieur, celui qui sanctionne tout ce que je vis d'un lénifiant « C'est bien ! », d'un consternant « Ce n'est pas bien ! », parfois d'un « Fais ceci, mais évite cela ! » ou d'un sournois « Tu ne devrais pas ! » Très bavard aujourd'hui, il me rappelle sans cesse à l'ordre : « Tu ne devrais pas envier ce garçon ! »

Oui, je louche sur lui. Quel connard !

D'accord ! Et alors ?

D'accord ! Funambule, je chemine entre fatalisme et haine de moi, raide sur une corde raide.

Depuis peu, je rencontre Georges Haldas. Ce mardi, je lui refile deux trois questions du micro-trottoir. En quelques phrases lapidaires, le poète suisse résume sa pensée : « La passion, c'est une maladie. On peut avoir des quintes passionnelles. » La formule me plaît, qui dit si bien la jalousie, cette envie sporadique de vivre une autre vie, ma fascination pour Z. Georges devine sans peine ma volonté de me débarrasser *une fois pour toutes* de mes émois. Lui ne regrette rien. Il s'abstient d'éprouver le moindre remords. Je m'insurge : « Si vous pouviez revivre, quelle existence choisiriez-vous ? » La réponse tombe, massive et lumineuse : « La mienne. » Je songe à Nietzsche, à son *amor fati*, à son éternel retour, Nietzsche que j'admire : il s'agit, pour lui, à chaque instant, d'assumer la totalité de la vie et de vouloir qu'elle se reproduise éternellement. Chaque choix, chaque décision est dès lors à prendre comme s'il fallait les revivre une infinité de fois : « Si, dans tout ce que tu veux faire, tu commences par te demander : "Est-il sûr que je veuille le faire un nombre infini de fois ?", ce sera pour toi le centre de gravité le plus solide […] Ma doctrine enseigne : "Vis de telle sorte que tu doives *souhaiter* de revivre, c'est le devoir – car tu revivras, en tout cas[1] !" »

Georges évoque alors les *minutes heureuses* qui jalonnent une vie. Pensant à mon trouble, me souvenant de *tout* ce que je veux changer en moi, je rétorque : « Et si les *minutes heureuses* ne suffisent pas ? » « Vous voulez quoi à la place ? » demande-t-il. « La paix du cœur, une éternité de délices, par exemple, ou déjà moins souffrir. » « Une éternité de délices, c'est du roman-photo. » Précédant sa pensée, je m'enquiers : « Je me mets le doigt dans l'œil, alors ? »

Devant un homme aussi bouillonnant de lucidité me revient à l'esprit une page célèbre. Dans *La République*, Platon rapporte que les âmes défuntes peuvent choisir une vie pour s'y réincarner. C'est le fameux mythe d'Er le Pamphylien[2]. Les trépassés décident donc de l'existence qu'ils auront à mener. Une fois leur redoutable décision prise, ils boivent au fleuve de Léthé et perdent tout souvenir. J'imagine le jouisseur opter pour les plaisirs, le cupide porter son dévolu sur un destin fait de faste et d'opulence, et l'assoiffé de pouvoir briguer les charges politiques.

En face d'un tel choix, peu nombreux sont ceux, me semble-t-il, qui oseraient mettre en doute leur style de vie et s'interroger *radicalement* sur la vie bonne. Pour ma part, je me plais à penser que la joie pourrait me servir de boussole pour m'embarquer au pays d'Er. À y regarder de plus près, je ne crois pas que je prendrais nécessairement la place d'un mannequin.

La joie exige en effet le meilleur.

1. G. Deleuze, *Nietzsche et la philosophie*, Paris, PUF, 1965, p. 92-93.
2. Platon, *La République*, l. X, 614b, Paris, Flammarion, 2002, p. 512.

Georges évoque la figure emblématique de l'avare et là encore, nos vues divergent. Pour lui, il n'y a rien à faire, « l'avare restera avare ». Devant ce vieil interlocuteur espiègle et plein de bonne malice, je ne m'incline pas tout à fait. N'ai-je pas retenu la leçon de Spinoza pour qui la compréhension des déterminismes dégage des allées de liberté ? Le mythe d'Er me laisse aussi pressentir que dans nos servitudes intimes pourrait s'ouvrir une brèche. Alain confirme : « L'agriculteur ne choisit pas d'être agriculteur, mais il choisit de défricher ici, de drainer là. Le chemin fait, il choisit d'y mettre des pierres, ou de rouler en creusant la boue. Celui qui est marié ne choisit plus d'être marié, mais il choisit d'être patient, indulgent, juste, ou le contraire[1]. »

Certes, je n'ai pas choisi mon existence, ni mon corps d'ailleurs. Je n'ai pas totalement décidé d'aimer Corine ni mes enfants, mais je peux *choisir* d'être tendre avec eux, d'oser un « d'accord ».

Souvent, je crois choisir, mais qui choisit ? Parfois, j'use d'une expression qui me paraît ridicule aujourd'hui : « Tel est mon désir. » Et pourquoi pas : « Tel est mon besoin de manger, de respirer… » ? « Mon désir » ? « Mon besoin » ? Devant mes caprices, je me fais l'effet d'un alcoolique qui se justifierait : « Tel est *mon* désir de boire *mon* coup, de prendre *ma* dose. » Tel est *mon* désir de recevoir le texto de dix-sept heures.

En quittant la chambre de Georges, j'observe à la dérobée ce vieillard abîmé en sa méditation : les rencontres nous font et nous défont. Du moins, elles empêchent le repli sur soi, l'introspection narcissique qui me guette.

1. Alain, *Platon*, Paris, Flammarion, 2004, p. 151-152.

Pourquoi, quand tout va mal, parler d'adhésion ? Pourquoi adhérer à la vie uniquement au moment ultime des épreuves, des blessures ou du malheur ? Alors que la fortune m'est clémente, je veux m'exercer à l'abandon. Il ne s'agit pas de me jeter en pleine mer pour apprendre à nager mais de pratiquer en toute occasion, faire du terreau quotidien le haut lieu de l'exercice.

Sur le chemin du retour, je pressens qu'au fond de toute grande joie, il y a un cœur qui s'élargit, un être qui retrouve sa dimension : moins l'on fait cas de soi, moins l'on souffre. Rencontrer véritablement autrui, l'écouter y contribue assurément. Et, aux côtés du vieil homme, j'ai un peu oublié mon obsession.

Sorte de loi, paradoxale, de plus en plus clairement perçue : la joie décentre. Mais voici déjà une nouvelle tentation : passer de tout à rien, passer d'un égocentrisme sans limites à un oubli artificiel, à une renonciation forcée.

Il est bien difficile de se décentrer *un peu, un tout petit peu.*

23.

La conversation d'hier illumine encore cette heure. La rencontre, voilà bien le lieu des passions, de la comparaison, de l'attirance et de la possession, de la fascination, de la peur et de la colère, de la honte et des jalousies. Mais surtout de l'amour, de l'émulation, de l'amitié et… de la joie.

Songeant aux *minutes heureuses*, je me souviens du livre de Richard Layard, *Happiness, Lessons from a New*

Science[1]. Il y rapporte un questionnaire adressé à des Texanes. J'imagine ces Américaines (de la jeune mère à la ménagère postménopausée en passant par la chômeuse, la secrétaire, l'artiste avant-gardiste) se pencher sur la délicate question : « Qu'est-ce qui vous procure le bonheur ? » Et les braves d'annoter les activités à l'aune du bonheur apporté :

– *number one* : le sexe, avec 4,7 points ;
– suivi des rencontres et des rapports sociaux : 4 points ;
– de la relaxation : 3,9 points ;
– de la prière, de l'adoration ou de la méditation : 3,8 points ;
– de la nourriture : 3,8 points ;
– de l'exercice physique : 3,8 points ;
– de la télévision : 3,6 points ;
– de l'incontournable shopping : 3,2 points ;
– de l'inévitable préparation des repas : 3,2 points ;
– du bavardage au téléphone : 3,1 points ;
– de l'éducation de sa progéniture, de l'ordinateur : 3 points ex-æquo…

La coupe est pleine. *No comment !*

Si je m'interroge sur cette échelle assez loufoque, il me semble que la deuxième réponse emporterait tous mes suffrages. À coup sûr, faire l'amour ne fait pas de mal. Cependant, avouons-le, cette jouissance ne dure, par nature, pas très longtemps. Les plus besogneux ou les plus prétentieux, c'est selon, soutiennent la prolonger pendant des heures. Passons ! Dans cette hiérarchie qui

1. R. Layard, *Happiness. Lessons from a New Science*, Londres, Penguin Books, 2006, p. 15.

prête plutôt à rire, j'apprécie le fait que la rencontre ne soit pas oubliée. Ce qui s'appliquait au bonheur peut certainement orienter ma quête. La joie solitaire pas plus que le plaisir du même nom ne sont la quintessence en leur genre.

Pour échapper à un pesant égoïsme, pour se dépouiller dans la joie, rien ne vaut une *véritable* rencontre. Mais encore s'agit-il d'abandonner ses préjugés… Car, aussi longtemps que règnent calculs et peurs, tant que les projections travestissent autrui, je ne reste qu'en moi, je ne *capture* l'autre que pour le façonner au gré de mon intérêt. Comment diminuer cette peur qui ensevelit les individus sous des *a priori* ? Comment, librement, me rendre disponible pour autrui et me reposer de moi en lui ?

En relisant les notes de ces dernières semaines, je retiens cette profonde aspiration : pour affronter les tempêtes du jour, pour célébrer en toute simplicité la vie, quoi de plus salutaire qu'une rencontre qui me fasse m'épanouir tout en me dépouillant ? Voilà le moteur de mon existence!

Que n'ai-je reçu de la rencontre ?

24.

Hier, j'ai vécu une superbe soirée avec mon maître en détachement. Je m'aperçois que sous la fascination rayonne, pleine et entière, une profonde amitié. C'est la comparaison qui bousille tout ! Aujourd'hui, il me laisse un texto : « Tu es merveilleux et je pèse ce mot. Ce serait plutôt toi qui devrais être mon idole. Merci pour tout. » Idéalisation mutuelle ? Toute la soirée, nous avons médité, devisé et je lui ai parlé franchement de mon envie d'être comme lui. Puis, j'ai sorti mon livre sur le *relooking* et nous nous sommes prêtés au jeu. Ainsi, tous deux, nous appartenons au style métrosexuel. Il faut dire qu'il n'y avait pas grand choix entre le tecktonik, le *biker* et le BCBG… ! C'est la catégorie qu'on nous a trouvée après un test aux questions un brin orientées. D'habitude, nous échangeons sur Maître Eckhart, sur le détachement, sur les exercices spirituels. Là, nous y sommes allés sans scrupules et nous avons épilogué sur le jean slim, la veste Prada, la chemise Boss… Quand je me suis ouvert à lui de ma honte de me soucier de mon look, il m'a rétorqué que l'on pouvait se soigner tout en étant détaché du résultat. Belle perspective !

25.

Aujourd'hui, une impuissance récurrente me réduit à grappiller quelque soutien pour mieux vivre. Ce matin, juste après avoir disserté sur la liberté intérieure, voilà que je me précipite sur les pailles gratuites du fast-food. Lorsque ma fille me demande pourquoi tant de pailles, je lui réponds : « Par peur du manque ! » Et il y a peu, alors que mes lectures étaient consacrées aux merveilleuses pages de Maître Eckhart sur le détachement, j'ai vu à la devanture d'un magasin de chaussures des baskets rouges. Oubliant le mystique et son exorde, j'en ai acheté trois paires. Comment faire face à ces mille et une contradictions ?

Sur la terrasse du McDonald's, les enfants et moi nous amusons à regarder passer les gens. Étrange goût pour le paraître ! Je me livre à un petit jeu : « Victorine, Augustin, montrez-moi un homme qui a l'air gentil ! » Pour se libérer des jugements, pour abandonner l'aliénation, un préalable est requis : m'observer en train de juger, voir les cent projections que, sans cesse, je bombarde.

Les deux enfants reçoivent un ballon. Inévitablement, un ne tarde pas à exploser et devant un visage en larmes, je me surprends à déployer toute l'artillerie lourde : « Pense au joli poney que tu as acheté ! Tu ne vas pas pleurer pour un pauvre ballon ! Dès demain, papa t'en achètera dix paquets, si tu veux ! Mais pour le moment, on rentre voir maman, on va lui donner le beau bouquet de fleurs ! » Et me souvenant de Marc Aurèle, je commence à dégrader le ballon : « C'est un bout de plastique ! C'est rien, ce truc… » Décidément, je suis bon pour les discours !

À peine les larmes séchées, je me reprends et je serre contre moi le petit être qui renifle. Rien ne vaut la douceur, la bienveillance et la tendresse. Je l'avoue, je crains une sorte de récupération individualiste des exercices spirituels. Ils permettraient de se blinder et de moins souffrir, de se bricoler un bonheur dans son coin. Or, plus je relis Épictète, Épicure ou Marc-Aurèle, plus j'entends un appel à s'ouvrir au monde, à la vie (et aux autres, souhaiterais-je ajouter). Chez eux, aucun fatras de *recettes*. Juste une manière d'être, de vivre et de penser. Dans ma maladresse, je sombre dans la caricature.

Mais, comme les exercices spirituels se pratiquent *d'abord* à la première personne, qui suis-je pour asséner des conseils ? Un exercice se vit, s'essaie. Éventuellement, il se partage. Contaminé par le consumérisme ambiant, je redoute de trouver dans la maîtrise de soi un moyen de consolider mon individualisme forcené, et de m'endurcir devant la souffrance d'autrui.

Aujourd'hui, des chefs d'entreprise en appellent même à des philosophes pour appliquer leur règle de conduite au travail. Fort bien ! Mais comment ne pas craindre que la discipline de soi soit ainsi récupérée et sacrifiée à la seule rentabilité ? Il existe mille manières de pratiquer les exercices spirituels. Qui rêve d'une vie pépère, avec un peu de compassion tant qu'à faire, comme celui qui souhaite des employés stoïques, des soldats de la vertu, tous trouveront dans ces pratiques *à boire et à manger*.

Laissons de côté les caricatures et tentons de revenir à l'essentiel : l'exercice spirituel comme libération de soi, comme ouverture à l'autre ! Contre une éventuelle récupération individualiste, il suffit de lire quelques pages des stoïciens. Ils pratiquaient la *physique*, autrement dit la connaissance de la nature sous le mode de l'exercice. Pour mieux se vivre comme la partie d'un tout, cette connaissance devait dilater le moi, l'élargir. Au fond, mes quintes passionnelles me déboussolent et me sortent des repères, du confort dans lequel je m'étais abrité. S'ouvrir, m'ouvrir, voilà l'ascèse !

J'aime cette idée : nous appartenons à un univers, à un *cosmos*. Souvent, je m'en retranche, je me replie sur moi, je le réduis. Nu, sans protection, je souhaite l'explorer, ce vaste monde ! Et, une fois encore, je perçois combien il est vain de prétendre s'asseoir sur le trône de Dieu et de tout ramener à soi.

26.

Sur le chemin de l'école, j'ai repensé à cette histoire d'exercices spirituels et à la physique stoïcienne comme contemplation de la nature. D'habitude, je conduis les enfants jusqu'à l'arrêt Pédibus[1] et je fonce pour rentrer au

1. Le Pédibus, organisé par la ville, propose aux parents de se relayer pour amener à pied les enfants à l'école.

foyer. À vrai dire, je ne sais pas apprécier cette petite promenade, en faire l'occasion d'une pratique ou tout simplement être là, disponible et ouvert. Pire, souvent je perçois la nature qui m'environne comme une adversaire, un danger à éviter ou à maîtriser, sans réellement comprendre qu'elle me crée et me nourrit. Je l'appréhende en *technicien*, je la démonte et la remonte, je me sers d'elle, je l'utilise, sans jamais l'apprécier véritablement.

Le fond de l'air est frais et je foule quelques feuilles mortes. Je pressens ce que les exercices révèlent plus d'une fois : qu'il ne s'agit pas de se libérer du monde, mais de *mon monde*, des étiquettes qui, classant le réel, me coupent de lui et m'enferment dans la prison de mes pensées.

Cet après-midi, en compulsant longuement mes livres, j'ai bravé une interdiction que je m'étais pourtant strictement imposée. C'est que je tentais de trouver une définition de ces fameux exercices. Pierre Hadot m'éclaire : « Personnellement, écrit-il, je définirais l'exercice spirituel comme une pratique volontaire, personnelle, conçue pour déclencher une transformation de soi[1]. » L'ascèse a ses grands chantiers : le travail des représentations, la maîtrise des désirs, l'élargissement de notre vision du monde, la purgation des passions… Purger ses passions, voilà qui devrait sérieusement commencer à m'intéresser !

Donc revenir à mes moutons spirituels !

L'image de l'athlète qui sculpte son corps dit assez bien ce que font sur l'âme les exercices spirituels. Au fond, philosopher, c'est quitter un mode de vie pour un autre. Passer du *phaulos* au *sophos – du moins-que-rien*

1. *Le Nouvel Observateur*, 10-16 juillet 2008, p. 23.

au sage. Il me plaît de noter dans ce journal quelques exemples concrets, aptes à me tirer d'embarras le cas échéant. Surtout, je dois éviter les considérations trop générales tout en me méfiant du nombrilisme, car mon nombril, je ne le vois que trop !

Ce matin, un *phaulos*, après avoir attendu son texto, s'est emporté devant un problème informatique. Il y a du pain sur la planche !

Dans *La Tranquillité de l'âme*, Sénèque en donne à foison : « Habituons-nous à éloigner de nous le faste, et à priser dans les choses l'utilité, non l'éclat. Mangeons pour apaiser la faim, buvons pour étancher la soif ; ne payons au plaisir charnel que le tribut nécessaire. Sachons nous servir de nos jambes, régler notre table et notre costume non sur les exemples modernes, mais comme nous y invitent les mœurs de nos pères. Sachons nous fortifier dans la continence, repousser le luxe, fuir l'intempérance, calmer notre colère, envisager de sang-froid la pauvreté, cultiver la frugalité (dussions-nous avoir quelque honte d'apaiser à peu de frais des appétits naturels), tenons comme à la chaîne nos fougueuses espérances et notre imagination élancée vers l'avenir, et faisons en sorte que nos richesses viennent de nous-mêmes plutôt que de la fortune[1]. »

Une expression résume bien l'énumération de Sénèque : la *prosoché heauton*, la vigilance-à-soi. L'ennui, c'est qu'elle survient toujours après coup ! C'est une fois franchie la porte du magasin que je me demande enfin si mon achat se révélera utile. Passée la colère, je comprends que rien ne vaut la douceur. Après coup, je suis *hyper*vigilant !

1. Sénèque, *La Tranquillité de l'âme*, IX.2, Paris, Mille et une nuits, 2003, p. 42-43.

Devant une femme sublime ou à côté d'un magnifique garçon, je suis incapable de pratiquer le *merismos*. *Mer-* désigne en grec « la partie » – le *merismos* est ainsi une pratique de la division, du découpage en vue de se déprendre de l'attachement. *Grosso modo*, pour les stoïciens, le *prokopton* (l'homme progressant) doit diviser l'objet de sa crainte ou de son désir en *morceaux*. J'aperçois une belle fille, je la mets en pièces, je la décompose frénétiquement en chair, en os, en tripes, en ongles, en peau, en poils, en nerfs, en tendons. Et *normalement*, l'attirance devrait cesser ! Pourtant, impossible pour moi de désidéaliser les éphèbes, impossible de me figurer qu'ils ont eux aussi leur lot de souffrances. Aveugle, sourd, je suis à cent lieues du réel.

L'expérience de mes quintes passionnelles me fait douter de l'efficacité de la technique. Marc-Aurèle semble cependant y croire lorsqu'il écrit dans ses *Pensées* : « Comme il est important de se représenter, à propos des mets recherchés et d'autres nourritures de ce genre : "Ceci est du cadavre de poisson, ceci est du cadavre d'oiseau ou de porc" ou bien : "Ce falerne, c'est du jus de raisin", "Cette pourpre, c'est du poil de brebis mouillé du sang d'un coquillage". » Et à propos de l'union des sexes : « C'est un frottement de muqueuse avec éjaculation, dans un spasme, d'un liquide gluant[1]. » Je doute que la prochaine fois où je dévorerai des sushis, il me suffise de me dire : « C'est du cadavre de poisson » pour limiter mon appétit et considérablement alléger la facture ! Pourtant, interroger ainsi ses représentations permet peut-être de revenir à la réalité, de l'envisager de manière plus adéquate.

1. Marc Aurèle, *À soi-même. Pensées*, l. VI, point 13, Paris, Payot & Rivages, 2003, p. 139.

L'exercice ici calme l'imagination qui transforme bien souvent l'être aimé en mirage. En quelque sorte, il dénude le réel et, quand l'illusion l'a voilé, lui rend sa valeur véritable.

Avant de freiner par ce moyen mon infernale machine, je peux m'*amuser* à oser un autre point de vue. D'abord, je constate que je tiens, même au prix de grandes souffrances, à conserver mes illusions. Au fond, je sais qu'il ne suffit pas d'être un Adonis pour goûter à une éternité de délices. Du moins, la raison l'admet. Pourtant je persiste à me vouloir à leur place et doute souvent de ce que me dit le bon sens… d'où mon intérêt pour la passion qui vient déjouer cette petite mécanique rationnelle. Convertir le regard, c'est larguer les préjugés que je chéris. Pour ce faire, un détour par en haut s'avère utile. Je peux imiter Hubert Beuve-Méry qui, dans ses chroniques, adopte le point de vue de Sirius.

Combien de fois ne m'a-t-on pas rebattu les oreilles en m'invitant à prendre du recul ? Quoi de plus difficile lorsque la passion me tient ; quand, jeté hors de moi par la fascination, la peur ou la tristesse, servilement, je m'échine à poursuivre mon imagination trompeuse ? Quel amant passionné douterait que le bonheur se recueille dans les bras de sa dulcinée ?

Je ne crois pas que l'imagination soit bonne à jeter. M'aidera-t-elle à adopter aujourd'hui un autre point de vue ?

Pourquoi devrait-elle toujours nuire ? Grâce à elle, je peux changer de planète et me hisser sur Sirius. De là-haut, tout apparaît d'un jour nouveau. Que pèse ce petit tracas quotidien face à l'éternité ou, du moins, dans la totalité de mon existence ? Pour une fois, je veux me figurer à la place d'un vrai *métrosexuel*, d'un étalon qui emballe toutes les filles. Qui n'a qu'à claquer des doigts pour accumuler les conquêtes. Je dois aussi m'imaginer son état d'esprit au matin, lorsque, harassé par une nuit torride, il contemple le vide abyssal ouvert devant lui. Tant qu'à faire, je devrais me mettre à fond dans la peau des don Juan et voir tous les désagréments qui peuvent être aussi leur lot. Mais un contre-argument m'arrête. On peut être beau *et* proche de la béatitude.

Merleau-Ponty[1] a dit que la philosophie consiste en un effort pour réapprendre à voir le monde. Réapprendre à voir le monde, revisiter, plus libre, un réel si souvent masqué par les habitudes, les préjugés, la peur et les attentes, telle est la tâche !

Récolte du jour : voilà donc des exercices très concrets. Pour persévérer dans le progrès, c'est bien le réel qui guide mes pas. L'ascèse va avec la joie, elle conduit au dépouillement, et non aux mortifications ni aux tristes privations.

27.

La boîte à outils a volé en éclats. Et la difficulté de la pratique m'a rappelé à l'ordre. Dans le bus, je tangue. Six jeunes filles éclatent de rire. Le véhicule s'arrête, les adolescentes sortent, je les suis, bringuebalant. Je veux m'expliquer. Nouveaux ricanements. Humiliation renouvelée. En colère, j'ai oublié Sénèque et Épictète, et Spinoza ne m'a pas aidé.

Tandis que je marche dans la rue, l'indignation s'estompe peu à peu et le calme advient. Et si ces moque-

1. *Philosophie magazine*, juillet-août 2008, n° 21, p. 24.

ries pouvaient aussi devenir l'occasion de ma pratique, la pierre de touche de mes progrès ? Je m'étonne que pareilles railleries m'atteignent encore et me surprennent. Pourtant, elles ne datent pas d'hier. Me revient alors à l'esprit un exercice spirituel déniché chez Épictète : se préparer au pire. Je devine que le réel ne déçoit que celui qui attend trop de lui : « Lorsque tu es sur le point d'entreprendre une action, remets-toi dans l'esprit ce qu'est cette action. Si tu vas te baigner, représente-toi ce qui arrive dans un établissement de bain : les gens qui t'aspergent d'eau, qui te bousculent, t'injurient, te volent. Et ainsi tu entreprendras ton action avec plus d'assurance, si tu ajoutes pour toi-même : "Je veux me baigner et en même temps que mon choix de vie reste en conformité avec la nature." Et qu'il en soit de même pour chaque action[1]. »

Se préparer au pire, c'est avant tout être prêt à discerner où se cache la véritable joie, celle que ne sauraient altérer ni les railleries ni les contrariétés du jour. En définitive, la joie n'en dépend absolument pas. L'exercice, au moins, dépouille de cette attente ridicule : les circonstances, les proches *doivent* me rendre heureux. Une chose est de le savoir, une autre de le vivre. Mon maître en détachement a, en ce moment, le droit de vie et de mort sur ma bonne humeur. Je lui donne cette funeste prérogative, même si lui n'en veut pas !

Bref, ce n'est pas une âme chagrine qui dépose les attentes, mais au contraire un cœur qui s'efforce de trouver la joie en tout et ne se laisse enfermer dans aucun attachement. Souhaiterais-je sombrer dans une indiffé-

1. Épictète, *Manuel d'Épictète*, 4, Paris, Le Livre de Poche, 2000, p. 166.

rence où, pour me blinder contre la souffrance, je m'isole et je n'aime plus ? Ici aussi le chemin de crête est périlleux à suivre.

Pour revenir à l'épisode du bus, j'ai pris à mon compte et de plein fouet la méchanceté ou du moins l'ignorance qui endurcit et anesthésie certains cœurs.

Nouvelle règle du jeu donc : sans me blinder, considérer ce type d'épreuve comme un exercice. Au fond, quelle meilleure occasion de progresser que celle qu'impose le réel ?

28.

Je viens de donner une conférence sur Épicure et le plaisir d'être.

Singulier contraste ! Hier, dans le bus, j'ai éprouvé la solitude, je n'ai pas osé prononcer une parole qui aurait excité encore davantage les rires. Aujourd'hui, me voici prêt à deviser sur Épicure devant quatre cents personnes. Les hauts et les bas de l'existence, voilà certainement ce qu'il me reste de plus ardu à assumer !

Je commence à comprendre les propos du Bouddha : « Tout est *dukkha* » – tout est souffrance, insatisfaction ; même ces instants d'enthousiasme où je me sens porté par l'auditoire sont durs à vivre. Et le moment de grâce partagé il y a peu avec Z me plonge, en ce matin, dans un mal-être extraordinaire ! C'est comme si ces paroxysmes faisaient appel d'air et que, réintégrant le quotidien, celui-ci m'apparaissait plus terne et insipide. Au fil de ce journal, je repère une incapacité à apprécier la vie.

En devisant sur Épicure, je me suis rappelé que sa philosophie avait, elle aussi, ses exercices spirituels. Le *prokopton* devait, par un subtil calcul de ses plaisirs, borner ses désirs afin de rester libre. L'école épicurienne distingue en effet les plaisirs naturels et nécessaires, comme boire et manger ; les plaisirs naturels et non nécessaires, tel l'amour (nous pourrions nous en passer, paraît-il !), et, enfin, les plaisirs ni naturels ni nécessaires : ceux liés à la gloire, par exemple. Pour qui s'engouffre dans cette dernière catégorie, plus de limites ! J'ai besoin de voir Z, j'ai besoin de ce plaisir non naturel et non nécessaire… De ces besoins s'ensuit, immanquablement, l'insatisfaction !

Les épicuriens pratiquaient aussi la confession publique, exercice qui m'a toujours interloqué. Une de leurs maximes proclamait : « Agis toujours comme si Épicure te voyait. » En y songeant, je dois avouer que j'ai souvent accompli des faux pas, à l'abri des regards, dans la solitude. Comment, si ma femme ou un ami s'était trouvé à mes côtés, aurais-je *réagi* devant les adolescentes du bus ? Voilà un indice pour guider mon choix ! Mais au cœur du paroxysme, lorsque je tremble d'effroi, j'ose à peine aller vers mes confidents par peur d'un jugement.

Pourquoi, dans certaines circonstances, est-ce que je fuis l'autre ? Pourquoi est-ce que je peine à m'ouvrir de mes faits et gestes ? *Confesser* ses fautes à un proche, lui parler de ses secrètes intentions, risquer un avis autre et, à l'occasion, sortir de la prison des certitudes. Plaisante perspective que d'envisager l'amitié comme le lieu possible d'une libération : jamais l'ami ne pointe du doigt, toujours il se tient aussi éloigné de l'intransigeance que de la complaisance !

Et maintenant au lit ! Je suis harassé…

29.

Quoi de plus fou que la tyrannie des désirs ? Ce matin, à la pharmacie, mon regard croise une publicité pour une pommade *extraordinaire* contre les cors aux pieds. Magnifique exemple de désirs inadéquats. Quel comble que cette publicité soit capable de susciter le désir d'un *truc* complètement inutile : sur le moment, je me suis dit : « Merde, je n'ai pas de cors aux pieds ! »

J'ai beau commencer à comprendre qu'il existe beaucoup de lieux discrets où la joie attend encore, je devine surtout que je m'obstine à ne la chercher que là où je la veux. Je me fais l'effet du *malappris* qui ne savoure que les hors-d'œuvre d'un festin.

Lorsque j'y songe, trois mots s'imposent, trois verbes qui résument sans trop d'ambiguïté la pratique que je souhaiterais enraciner dans le quotidien : *observer*, *instituer*, *persévérer*. Non pas trois étapes successives mais bien plutôt trois mouvements.

Observer

« Regardez, mais ne touchez pas ! » De tels mots parviennent parfois à freiner la curiosité des enfants dans les musées. Ne devraient-ils pas exciter et guider la mienne dans la visite de mes musées intérieurs ? En somme, je ne sais toujours pas oser l'inaction, ni regarder *sans toucher* (sans fuir, sans entreprendre quoi que ce soit) les paysages intimes que mon ignorance (ou ma vieille pudeur ?) voile, trop souvent d'ailleurs. Un curieux et puissant réflexe voudrait que, sans délai, je prenne des dispositions, que je *me* change. Pourquoi ne pas se laisser descendre jusqu'à la région de l'affectivité au lieu de s'en tenir aux jugements, aux pensées ? Ne s'agit-il pas de connaître tout, de *se* connaître *à fond* ?

Donc *juste* oser voir et examiner, s'attarder un peu à considérer les recoins de l'être.

Voici quelques dangers : sans relâche je me compare aux autres, toujours je colle mes étiquettes, sans cesse j'emprunte mon vocabulaire au dehors afin de répertorier et cataloguer mes paysages intérieurs. Pourquoi parler si vite de jalousie ? Sans ce terme, éprouverais-je le sentiment complexe qu'il désigne ? Devant les garçons *normaux*, je ressentirais plutôt de la tristesse, de l'envie et de la colère… Sans les rejeter tous, choisir avec minutie les mots pour définir le tréfonds de mon être. L'emportement d'hier n'est certes pas l'agacement que je peux vivre ce matin.

Je me réduis trop à mes émotions. Mes quintes passionnelles évoluent et se transforment ! Et dans mon découragement, je ne sais pas voir les mille infimes progrès du jour.

Avant tout, la connaissance de soi ouvre et, par ricochet, invite à la tolérance. Comment, en effet, en s'adonnant à ce travail de précision, juger encore les autres avec désinvolture ? Le capharnaüm découvert en moi devrait aussi m'imposer un peu de retenue, de prudence, de silence.

Dans les lointaines contrées où conduit mon exploration intérieure, toujours je repère ce désir profond : bien faire et me tenir en joie. Aujourd'hui, elle me révèle par exemple ce que j'attends réellement de la vie : de la joie bien sûr, une solidité intérieure, de la tolérance, un peu moins de souffrance. Quand l'insatisfaction guette, ne devrais-je pas plutôt regarder en face mes attentes ? À l'école de La Palice, j'apprends qu'il est rigoureusement impossible de combler les manques sans les connaître. Insatisfait certes, mais de quoi ?

La tenue de ce journal met au jour les grandes failles de mon cœur et me permet de les observer sans les toucher. De ces blessures, de ces cicatrices entrevues, je désire faire des chantiers de vie, des terrains d'exercices et de liberté. Que je dissipe l'obscurité, que je cesse de fuir et de rejeter ce qui fait mal, ce que je n'aime pas voir ! Voilà ma tâche en cette heure !

30.

Instituer

Il y a peu, j'ai longuement parlé à Z. Nous avons mis au point un plan d'attaque : régularité dans nos rencontres, transparence dans le dialogue, prière en commun. Nous avons même pris le temps de comparer chaque parcelle, ou presque, de nos corps et j'ai vu de mes yeux qu'à part l'infirmité, il n'y avait strictement aucune différence entre eux. Pourtant, voilà bien le *truc* massif qui me sépare des autres garçons…

Double interrogation au cœur de ma pratique : Que puis-je *instituer* dans ma vie ? Que dois-je écarter de mon existence ?

Sans retomber dans le volontarisme, je ne crois cependant pas que je puisse éviter l'engagement, le *passage à l'acte*. Comment concrétiser dans le quotidien les enseignements de l'exploration intime ? Trop souvent, je considère avec mépris les habitudes et n'y vois qu'une prison, une routine, une sorte de nécrose, un manque évident de vitalité. Hier, par une curieuse curiosité, j'ai relu un peu Aristote. Il vient décaper mon préjugé tenace : « On a donc raison de dire que c'est par la pratique de la justice et de la tempérance qu'on devient juste et tempérant. Faute de cette pratique, nul ne deviendra honnête homme[1]. »

Pourquoi ne pas m'attarder simplement sur quelques *points de vigilance* ? À vouloir tout changer, ne risquerais-je pas de dilapider inconsidérément mes forces ? Je préfère me concentrer sur les grands chantiers de mon existence.

C'est d'ailleurs ce que nous faisons déjà, modestement, avec nos enfants. En cette période de Noël, toute la famille s'est réunie pour attribuer à chacun son *exercice spirituel*, tous récapitulés sur un petit papier :

Exercices spirituels de la famille Jollien

Victorine : essayer d'être ponctuelle et ordonnée.
Augustin : dire bonjour et au revoir, sourire aux gens.
Maman : ne pas rester dans la colère.
Papa : écrire son journal chaque jour et se reposer.

Le billet incite évidemment à dépasser ces petites perspectives naïves, à aller plus loin, plus profond surtout. À quoi consacrer mes efforts, comment vivre les exercices spirituels à même l'existence ? Je ne dois pas imiter Zénon, ni saint François d'Assise, ni le dalaï-lama, ni importer du dehors des outils nouveaux. Fâcheuse ten-

1. Aristote, *Éthique de Nicomaque*, chap. IV, 5, Paris, Flammarion, 1965, p. 50-51.

dance à pousser l'ascèse toujours plus loin. Accomplissement de mille prouesses pour jeûner, pour me sevrer de Z, ne serait-ce qu'un jour, mais détestable manque de patience envers mes proches… Je dois déjà, tout simplement, abandonner certains réflexes, certaines craintes et quelques tensions. Moyens et fin se confondent : la libre joie !

Que puis-je instituer, *ici et maintenant* ? Que dois-je écarter de ma vie ?

31.

Ce matin, en accompagnant les enfants au Pédibus, je leur ai relaté quelques péripéties de Don Quichotte de la Manche et nous avons bien ri. Pourquoi associer toujours l'ascèse, les exercices spirituels avec l'expiation, le renoncement, le sacrifice, les efforts ? Alors qu'elle tient avant tout de la joie !

Tenter de pratiquer au mieux son métier d'homme, à fond…

Lorsque j'y songe, le mien gravite autour de trois vocations : celle de père de famille, celle d'écrivain et la dernière, celle à côté de laquelle je serais bien volontiers passé : la vocation de personne handicapée.

Le mot et ses relents religieux peuvent rebuter. Pourtant, la vocation est une sorte d'appel, de Dieu, de la vie, de ce que l'on voudra. C'est pourquoi elle est aussi plus forte que moi : je ne l'ai jamais choisie, comme ça, un vendredi matin à huit heures et quart ! Fruit des rencontres, des circonstances, elle s'est imposée. Je préfère parler de vocation plutôt que de *sens de la vie* car elle m'installe dans le présent alors que le sens vient toujours après, semble-t-il. Sans me charger des difficultés de demain, je m'interroge sans cesse sur ce que je peux mettre en œuvre, *ici et maintenant*, pour accomplir mes trois vocations au mieux, dans la joie.

Les vocations appellent des *règles de vie* à enraciner dans le quotidien. Pour ma part, elles exigent d'abord du repos. Tenter, par exemple, un autre usage du corps : celui-ci ne doit en effet pas être l'adversaire, le boulet à traîner, mais bien l'allié, le compagnon des quêtes spirituelles. Concrètement, trois fois par jour, je souhaite, inactif, étendu et sans mouvement, risquer une retraite intérieure quand les pressions des circonstances auraient tendance à m'arracher à moi-même, à m'exiler de l'essentiel.

Mes quintes passionnelles m'apprennent aussi que repos et détachement sont intimement liés. Et je le constate : le détachement vient de la détente. Donc, laisser les tensions, ou du moins, les vivre sans *tension*, oserai-je dire ?

C'est toujours l'invitation de Spinoza, je le vois, qui m'anime : bien faire et se tenir en joie. La pratique du métier d'homme relève d'une disponibilité à ma famille, à l'autre, à la vie.

Condensée ainsi, l'ascèse paraît fort simple : sans cesse servir *hic et nunc* les vocations.

Que de fois ai-je lu ou entendu cette invitation à vivre dans le présent, à oser l'abandon ! Tout se passe comme si deux mouvements rivalisaient en moi : l'un convie à l'intériorité et à la liberté, à *la conversion*, et l'autre me retient, m'entraîne dans les automatismes, les réflexes, *la diversion*.

Je désire donc m'interroger plus radicalement : qu'est-ce qui *constitue* le centre de ma vie ? Presque automatiquement, dans l'épreuve et dans mes quintes passionnelles, le centre de l'existence est la souffrance. Au gré des circonstances, d'heure en heure, il se déplace, dans le manque, l'insatisfaction, les fantasmes ou l'autre…

L'ascèse tiendrait-elle du *décentrement* ?

Au fond, sans me durcir, je dois résister *gentiment*, doucement aux mille occasions qui me décentrent. Je le pressens, l'habitude est le haut lieu de la pratique. Les théories ne libèrent guère, les livres pas davantage. L'acte, le geste maintes fois répété, peut-être ? Pour qu'il soit fécond, je le devine, toute ascèse, toute exigence doivent naître dans la bienveillance. Quel paradoxe ! Pour oser l'abandon, la confiance, pour entrer dans le repos, un entraînement, de l'exercice sont nécessaires.

Aristote a bien montré que la vertu s'acquiert par des actes. Loin d'un moralisme étriqué, son tonique appel révèle que l'exercice du bien grandit et nous libère véritablement. La discipline de soi n'a qu'une vocation : enraciner dans la joie. Tous ces exercices nous rendent plus vivants, plus libres et plus joyeux.

Et sur ce, une petite sieste !

32.

Ça y est, ma valise est prête : trois caleçons, trois paires de chaussettes, la pompe anti-apnée du sommeil, des livres audio à profusion… Me voilà paré ! Avant de me pencher sur la persévérance, avant d'envisager un examen de ce qui m'aiderait à tenir mes engagements, je m'octroie une petite pause salutaire en région parisienne.

Me voici en route pour aller rendre visite à un moine bénédictin qui, depuis de nombreuses années, enseigne le zen. Zen et prière sont, depuis quelques semaines, deux piliers, deux appuis pour mes progrès, deux sources de joie. Je tremble d'avance devant l'accusation de syncrétisme qui pourrait m'être adressée et que tout philosophe fuit comme le feu. Pourtant je pratique assidûment les deux et un peu de paix, au moins en de courtes occasions, m'envahit. L'étiquette de « handicapé » pèse déjà lourdement sur moi : si je fais une sorte de *coming out* spirituel, je ne voudrais surtout pas que l'on m'en colle une autre.

La foi de mon enfance m'a légué un lourd héritage : sentiment de grande culpabilité, peine à éprouver une joie totale sans craindre une tuile, terreur de la punition, exigences morales souvent accablantes, et j'en passe. Cependant, au milieu de ce fatras, je découvre aussi un goût de l'autre, une certaine sensibilité pour les faibles et la conviction intime que si Dieu existe, il transcende les caricatures qui l'avilissent – qu'il dépasse toute représentation.

Tout a donc commencé il y a quelques mois, lorsque Jacques Castermane a organisé une conférence suivie d'une journée de pratique. Mon épouse, qui s'adonne à la méditation depuis quelques années, s'y est rendue et a invité le sceptique que je suis à l'accompagner. Le thème m'a d'abord intrigué : « Quand je marche, je marche – Le zen ». Contre toute attente, le corps et sa beauté se sont rappelés à moi.

Si je jette un bref coup d'œil à mon existence, j'aperçois un corps qui s'annonce massif, puis une sorte d'échappée par la raison. Aujourd'hui, mes quintes passionnelles me ramènent à lui. Je l'ai deviné durant cette initiation, le corps peut devenir un allié, un conseiller et – pourquoi pas ? – un guide. Curieux paradoxe : la spiritualité, la foi me rapprochent de l'expérience du corps ! Jusqu'à présent, je l'avais associé à mon malheur, et voilà qu'en ce jour, pratiquant le *kinhin* (méditation en marche), j'ai pressenti que, compagnon négligé, il reste pourtant d'une loyauté et d'une fidélité implacables.

Ainsi, parler de *sagesse du corps* n'est pas un oxymore.

Voilà la vraie raison de mes préparatifs de départ : ne plus faire le grand écart entre la foi de mon enfance et cette nouvelle pratique. Confrontée à mes quintes passionnelles, l'expérience du zen me met en garde contre l'épuisement. Pour progresser, il faut se recréer, et d'abord tenter de se détendre un peu… La paix du cœur passera-t-elle par là ? *Se détendre* : un verbe que je commence à savourer. Auparavant, dans le combat de mon handicap, je ne l'aurais même pas apprécié, encore moins espéré.

33.

Sur le quai de la gare, la neige tombe. Le TGV a eu quatre heures de retard : quatre heures de pratique. L'ego m'a fait une splendide démonstration de sa vivacité : on ne le tue pas si facilement, il est coriace. Une parfaite inconnue me tutoie, quatre voyageurs passent avant moi dans la file des taxis et voilà que je hausse le ton, gesticule, et crie à l'injustice. Je souris de ma faiblesse et me propose d'être, *ici et maintenant*, totalement un homme en retard, sans résistance, sans refus.

Donc, ce week-end, ni *kenshô*[1] ni *satori*[2], rien de sensationnel. Juste la conviction de plus en plus vive que l'ascèse s'accomplit dans le détail, dans les petits gestes réitérés chaque jour, toujours. Me voilà redirigé vers la *persévérance.*

Qu'est-ce qui m'attire dans le zen ? Question embarrassante au moment de pénétrer dans le prieuré. Pourquoi diable s'être tapé cinq cents bornes ? Est-ce du folklore ? Un moyen de me fuir ? Un truc à la mode ? Est-ce encore un nouveau tour de l'ego qui me tyrannise en me faisant croire que le zen délivre de toute souffrance ?

Devant la simplicité du moine, devant son humour et sa présence, mon sentiment de culpabilité disparaît. Quand bien même ce serait l'égoïsme qui me conduit ici, je puis assurément cueillir quelques beaux fruits. Le père m'impose deux exercices : une demi-heure d'assise méditative, le *zazen*, puis une demi-heure de promenade en essayant de pratiquer la non-dualité : marcher comme si je n'étais que deux jambes, voir le frère qui pèle la neige *comme si j'étais le frère qui pèle la neige*, contempler le cèdre *comme si j'étais le cèdre*, n'être qu'une grande oreille, qu'un grand œil. Je suis cette porte, cette neige, cette passante qui marche lestement. J'accueille mes pas fragiles sur la neige sans jugement aucun. Bref, je fais éclater les distances qui me séparent du monde, les barrières intérieures qui me coupent de la réalité pour épouser le réel, sans le juger. Comme dit Sekkei Harada, il s'agit aussi de pratiquer « jusqu'à ce qu'il n'y ait plus la

---

1. Connaissance de sa vraie nature.
2. Avènement de l'éveil à la vérité qui dépasse le dualisme et la discrimination. En somme, il s'agit du retour aux conditions originelles de notre nature profonde.

moindre marge où la pensée puisse s'introduire[1] ». S'absorber dans ce que je perçois pour oublier le moi.

Vient l'heure de l'assise. Longues, pesantes, les minutes s'égrainent. Le vide abyssal que je découvre me met presque à la torture. Sans la présence de l'autre, sans mon cinéma intérieur, j'ai l'impression de n'être rien. Parfois la joie réapparaît, limpide, claire et fraîche. Je m'y désaltère en prévision de l'aridité que, je le devine, je ne vais pas tarder à rencontrer. L'envie me prend de tout arrêter et je la laisse passer. Rester assis, rien qu'être assis.

Devant le cèdre, j'ai pris conscience que je vis dans mes pensées, que je me coupe du monde, que je le disloque, pour ma plus grande souffrance : bien, mal, beau, laid, froid, chaud. En gros que, sans cesse, je juge le réel et, croyant prendre de la hauteur, je me pose sur le trône de Dieu et catégorise tout à l'aune de mon seul intérêt. Or le cèdre ne sert à rien, il *est*, là. Je commence à goûter au fait que la vigilance ne s'oppose pas à la détente.

Persévérer… c'est cela.

La nuit, un bruit se fait entendre plusieurs fois. D'où vient-il ? Est-ce la fenêtre, la porte ? Provient-il de la salle de bains ? J'y vois une métaphore de mon inquiétude chronique : je suis fondamentalement insatisfait, mais je ne sais pas de quoi.

Les deux exercices m'ont décentré, ou plutôt, m'ont ramené au *fond du fond* : voilà sans doute la vocation ultime de l'ascèse. En quittant le prieuré, je me suis dit

1. Sekkei Harada, *L'Essence du Zen. Entretiens sur le Dharma à l'attention des Occidentaux*, Noisy-sur-École, Éditions de l'Éveil, 2003, p. 102.

que dorénavant, dès que j'aurais un quart d'heure, je pratiquerais le *zazen*.

Pour persévérer.

Je suis résolu à continuer ces trois exercices :

1. Exercice de la non-dualité : je *suis* ma fatigue, je *suis* mon souffle, je *suis* le cèdre, je *suis* l'escalier, je *suis* ce beau garçon, je *suis* cette femme qui me tutoie…

2. Être plus attentif aux récriminations de l'ego lorsqu'il me coupe du réel, m'érige en juge devant ce qui est. Pourquoi toujours lui obéir au doigt et à l'œil ? Cela m'assurera peut-être quelques libertés sur le terrain de la passion : « Tiens, mon ego est fasciné par ce beau garçon ! », « Tiens, on se fâche là-dedans ! »

3. Le *shikantaza* = rien que : quand je suis assis, rien qu'être assis. Être, pleinement dans l'action.

Lorsque les internautes m'engageaient à prendre du recul, je trouvais la mission impossible. Cependant, quelques mots échangés avec le moine bénédictin ont suffi à me forger un outil concret : « Mon ego est triste, tiens, mon ego est triste ! »

En cette heure, joie profonde. Des doutes surgissent pourtant : cette accalmie n'est-elle que la gratification d'un moi momentanément satisfait, ou est-elle la percée vers une joie plus authentique, celle qui, comme je l'ai entrevu, demeure aux tréfonds de l'être ? Peu importe !

Ici et maintenant, je la savoure. M'engager aujourd'hui dans cette pratique, observer la bête, voir que je ne me réduis pas à l'ego. *Ego*, le mot ne me plaît guère, avec son petit côté tendance *new age*. Disons simplement que je veux débusquer Narcisse tapi au cœur de mes passions !

34.

Que de résolutions mort-nées ! Que d'obstacles propres à faire chanceler les plus courageux ! Ce matin, j'ai louché sur mon minuteur, pourtant réglé sur quinze minutes, et l'ai éteint au bout de dix minutes, pour aller embrasser les enfants et leur donner les cadeaux ramenés de mon périple. Pour tout dire, j'ai massacré mon *zazen*. Déjà que je pratique *zazen* couché… le *gît-zen* comme dit mon ami B. Alors, si je commence à bâcler, me voilà mal barré !

Tout doucement, maintenir le cap. Mais comment vivre rechutes, faux pas, petits travers sans tomber dans l'abîme ? Comment persévérer, en somme ? Épicure me met en garde : « Entre autres maux, la sottise comporte aussi celui-ci : elle en est toujours à commencer de vivre[1]. » L'imperfection devrait donc devenir le moteur même de ma conversion. C'est au moment précis où je sors de mes gonds, et qu'une colère s'annonce, que ma pratique me réclame. Le risque, le voici : multiplier les exercices spirituels, passer de l'un à l'autre, sans me nourrir véritablement.

Donc nécessité de m'attarder sur les trois points de vigilance fixés il y a peu : le repos, le détachement et le service de l'autre, avec comme nouveaux outils ceux que j'ai reçus ce week-end.

---

1. Épicure, frg. 494, *in* Sénèque, *Lettres à Lucilius*, lettre 13, Paris, Flammarion, 1992, p. 83.

Certains combats intérieurs m'ont épuisé. Face à l'impuissance, le découragement et le désespoir peuvent anéantir celui qui livre bataille. Je devine pourtant que l'ascèse peut me *recréer*. La joie parfois ressentie surpasse l'abattement et me relève, même dans l'échec.

Parmi les mille et une manières de retrouver des forces, de me recréer, je note avec plaisir que l'exercice suppose de la pratique, *un art du repos*, de la *récréation*.

35.

Hier, pratique de l'exercice de la non-dualité : j'essaie de devenir ce visiteur de mauvaise humeur, je *deviens* ce passant... Et la joie est née, presque inaltérable, suivie bientôt des doutes habituels : « C'est trop beau ! C'est de l'autosuggestion ! Tu t'adonnes à la méthode Coué sous couvert de spiritualité ! » Lorsque j'y songe, je subodore effectivement le petit côté factice de cette nouvelle approche du monde. Cependant, celle-ci assouplit la précédente, aussi étrange et artificielle, qui a fini par devenir une fâcheuse habitude.

Nous sommes plus de six milliards d'êtres humains sur cette terre et la personne la plus importante au monde, c'est *moi* ! Je n'ai jamais été fort en calcul mais là, l'erreur est tout de même grossière. Je continuerai à pratiquer l'exercice de la non-dualité pour corriger un peu le tir – sortir de moi, en gros.

J'ai commencé le livre de Philip Kapleau, *Les Trois Piliers du zen*. Chaque soir, ma femme m'en lit quelques pages. Dans ma frénésie, j'ai de soudaines velléités de partir au Japon, mais ce matin les tensions à la nuque reprennent et je crains que le zen ne soit pas pour moi. L'immobilité réveillerait-elle les douleurs que les traitements essaient de calmer ?

Le Bouddha comparait son enseignement à un radeau qui permet de traverser un cours d'eau pour atteindre l'autre rive. Un voyageur qui, une fois parvenu à destination, ne l'abandonnerait pas, trimballerait inutilement ce véhicule provisoire[1]. Ainsi en va-t-il de la doctrine du Bouddha, et donc du zen. Ils ne doivent pas être absolutisés.

Ne s'attacher à rien… même pas aux saints préceptes !

Aujourd'hui, les douleurs m'incitent à envisager la pratique comme un radeau. Il y a trois mois, j'ignorais tout du zen qui, à cette heure, pourrait bien devenir le centre de ma vie. Le centre de la vie, c'est la vie ! La joie retirée de mon séjour zen indique bien que l'exercice est nécessaire afin que les petits pépins quotidiens ne l'emportent pas. Joie, liberté intérieure, tout s'entretient.

Ces temps-ci, je reviens au *kinhin*. Précieux outil, il consiste à marcher très lentement dans une pièce ou dehors. À chaque pas, il s'agit de se concentrer sur le rythme de la respiration en prenant conscience de cet instant précis de la vie, de ce geste unique, de ce qui ancre dans l'*ici et maintenant*.

J'aime ce retour au corps. Il est plaisant, quand l'esprit divague, de remettre pied à terre pour réintégrer le réel. En tous lieux, je puis décliner l'exercice : station de métro, caisse de supermarché, partout je reviens au corps, aux sensations, j'essaie de puiser des ressources dans

---

1. Voir W. Rahula, *L'Enseignement du Bouddha. D'après les textes les plus anciens*, Paris, Seuil, 1961, p. 29.

l'acte de vivre le présent. Tout se passe comme s'il fallait apprendre à savourer, à apprécier ce que procure l'instant (cette bouchée de pain, ce verre de sirop), alors qu'une pente naturelle m'entraîne presque toujours ailleurs. « Je suis bien ici, mais ce serait encore mieux si... » : je n'ai pas fini mon assiette que, déjà, je louche sur le dessert.

Après le *kinhin*, ou pendant, pour tout dire, j'ai pensé à Montaigne : « Quand je danse, je danse ; quand je dors, je dors ; voire et quand je me promène solitairement en un beau verger, si mes pensées se sont entretenues des occurrences étrangères quelque partie du temps, quelque autre partie je les ramène à la promenade, au verger, à la douceur de cette solitude et à moi. Nature a maternellement observé cela, que les actions qu'elle nous a enjointes pour notre besoin nous fussent aussi voluptueuses, et nous y convie non seulement par la raison, mais aussi par l'appétit : c'est injustice de corrompre ses règles[1]. »

Exercice de pure présence, le plus difficile sans doute. Car, souvent, je me braque sur le résultat final, le but. Cheminer vers la sagesse est une chose. L'attendre fébrilement pour *être* enfin dans la joie en est une autre. Pourquoi ne pas prendre plaisir dans l'exercice même ? Aristote montre que le modéré devient modéré lorsqu'il pratique cette vertu par plaisir et il tombe sous le sens que nul sacrifice, aucun renoncement triste, ne conduit à la joie. À mes yeux, la libération doit toujours être joyeuse.

Le grec distingue le *telos* du *skopos*, la fin du but. Tel un archer, je peux pratiquer des exercices. Ma fin ? Bien

1. M. E. de Montaigne, *Essais*, III, 13, De l'expérience, *in* G. Gauvin, *Montaigne*, Paris, Librio, 2002, p. 119.

tirer. Mon but ? Atteindre la cible. Je conditionne trop la valeur de l'instant au but, lointain. D'ailleurs, garder à l'esprit que toucher la cible ne dépend pas tout à fait de moi. Par contre, il est en mon pouvoir de me donner pleinement à l'exercice, de bien l'exécuter. Puiser la joie et le plaisir dans la pratique même, voilà qui m'aide à me détacher, *ici et maintenant*, du dénouement. Un yogi, me souffle une amie, racontait qu'il pratiquait ses exercices comme on se brosse les dents. Pour que l'ascèse me façonne, me modèle et me purifie, elle doit, évidemment, s'ancrer en moi et devenir habitude.

Quitter les résultats, les objectifs, les attentes, afin de se reposer dans le réel sans trop le travestir, voilà l'exercice. Épictète disait déjà que ce n'est pas la réalité qui nous trouble, mais l'opinion qu'on s'en fait. Un quart d'heure de *kinhin* suffit à montrer à quel point je vis dans mon monde. Désirs, craintes, préjugés, projections m'emportent sans cesse. Mais je commence tout de même à mettre un peu en doute le cinéma intérieur dans lequel je me complais. Quel travail pour décoller une à une les étiquettes apposées sur le réel ! Progresser revient ici à se délester. À nouveau, il n'y a rien à ajouter, juste à enlever ce qui empêche d'être et d'aimer.

Résumons : quand ça va mal, comme dans la joie d'ailleurs, retourner au présent, y puiser mille ressources, quitter la rêverie permanente qui m'arrache du monde et me plonge si souvent dans l'insatisfaction.

Aujourd'hui un ami m'a dit, malicieux : « Alors, désormais, tu es au-delà de la crainte et de l'attente ? Tu ne vas plus nous casser les pieds avec tes peurs : amiante, sclérose en plaques, leucémie foudroyante ? » Que répondre ? La pirouette serait de rétorquer : « Sans les exercices, je serais encore pire. » J'entrevois ainsi qu'il faut aller relativement bien pour pratiquer. N'est-ce pas de la maltraitance de dire à qui est au fond du gouffre : « Pense donc à adopter le point de vue de Sirius » ?

Non, les exercices ne se confondent pas avec une psychothérapie. Ils n'ont pas non plus réponse à tout. La meilleure volonté du monde peut se heurter à bien des résistances, sans parler de l'inconscient qui, par définition, reste généralement hors de portée. Si je reconnais les limites de l'ascèse, je n'entends pas pour autant baisser les bras.

36.

Ce soir, je participe à une conférence sur le Népal pour Terre des hommes. Peu d'inscrits. Me frappe que, lorsque je parle de philosophie, les salles sont d'habitude combles alors qu'évoquer les programmes humanitaires n'attire pas toujours les foules. Pourtant, c'est bien mon voyage à Katmandou qui m'a révélé la véritable vocation des exercices spirituels.

Dans une rivière de Katmandou, qui coule au bord du bidonville du quartier 34, une jeune fille drague du sable, de l'eau nauséabonde jusqu'au cou. Âgée d'une quinzaine d'années, elle accomplit sa besogne de quatre heures du matin à vingt-deux heures, histoire de compléter le maigre revenu de sa famille. Au Népal, dans ce bidonville, pour la première fois j'ai découvert la misère, pour la première fois je me suis senti privilégié. Incroyable rappel à l'ordre : je me souviens de m'être, à cet instant précis, sérieusement demandé s'il n'était pas vain ni égoïste d'œuvrer à *ma* joie dans un monde qui tolère de tels abus ? Mes forces ne sont-elles pas requises ailleurs ?

Au bord de la rivière, j'ai soudain perçu la véritable vocation des exercices spirituels : sortir de soi, mourir à soi pour renaître plus libre. Je fais décidément trop grand cas de moi !

À l'opposé de l'individualisme, la pratique pourrait rendre apte au véritable don de soi. Cependant, autant le reconnaître : je crains fort de ne donner ici que ma leçon de morale et de venir grossir les rangs des bien-pensants. Pourtant, au Népal, pays natal du Bouddha, pour la première fois j'ai ressenti un appel : mettre le travail de soi au service de plus grand que soi. Voilà de quoi redoubler, aujourd'hui, la vigueur de mon engagement : voir, instituer, persévérer et *agir*.

Quelques heures à Katmandou ont aussi suffi pour briser une conception trop hâtive de l'acceptation et des exercices spirituels. Je sais, désormais, le danger de les récupérer pour en faire une invitation à la force. Ainsi, convié par des chefs d'entreprise, j'ai souvent regretté leur discours : « Voyez comment l'on peut s'en sortir à force de volonté » ! Comment philosopher lorsque seule la nuit ménage un peu de repos ? Faut-il vraiment accepter clé en main un monde où injustice et misère étendent leurs ravages ? La distinction stoïcienne prend ici toute sa valeur : *parmi les choses, les unes dépendent de nous, les autres guère*. Voilà, en gros, les quelques pensées agitées pour la conférence de ce soir.

À l'heure où le sort m'est clément, je peux aussi m'interroger : quel est mon véritable pouvoir ? Et, surtout, que suis-je prêt à donner ? Avec Sénèque, je persiste à croire que le bonheur est intérieur. Cependant, même si ce n'est pas la réalité qui trouble mais l'opinion qu'on s'en fait, on est responsable d'une grande part de cette réalité.

Tandis que je disserte ainsi, je m'aperçois soudain que la petite Népalaise a d'abord touché mon cœur. Or, je me doute bien que les exercices ne sont pas là pour me transformer en pierre. Loin de là. Précisément, à mon retour du Népal, m'ont frappé ces réponses toutes faites, ou presque : « Ton témoignage me rappelle ma tante qui a été au Pérou », « Je me souviens d'un reportage sur la Cinquième »… Rarement, j'ai entendu quelqu'un se taire, ému. Si j'ai une certaine méfiance envers la passion et l'émotion, je prends conscience, en rédigeant ces lignes, qu'elles pourraient ouvrir une porte et aussi, sans doute, nous rendre *excellemment humains*.

Saurais-je me laisser toucher sans pour autant vaciller ? Devant la petite fille, les théories, le point de vue de Sirius, la préméditation des maux paraissent dérisoires, indécents presque. Entre une indifférence lâche et un *pathos* vain et étourdissant, comment progresser ? Sans tiédeur, j'opte pour une voie nouvelle, une voie du milieu : pour qu'une émotion agisse véritablement comme un moteur, toute une discipline, tout un art sont requis : comment prétendre à la moindre efficacité lorsque l'agitation règne en maître, lorsque, dans la souffrance, je ne pense qu'à moi ? Voilà bel et bien un nouvel aiguillon pour ma pratique !

Je relis l'aphorisme 589 de *Humain, trop humain* de Nietzsche, qui critique la prière et les rites, et propose à son lecteur une nouvelle pratique : « Le meilleur moyen de bien commencer chaque journée est : à son réveil, de réfléchir si l'on ne peut pas ce jour-là faire plaisir au moins à un homme[1]. » Ainsi, le *zazen*, le *kinhin*, l'exercice de la non-dualité, la préméditation des maux… me

1. F. Nietzsche, *Humain, trop humain*, « L'homme avec lui-même », aph. 589, *in* F. Nietzsche, *Œuvres*, *op. cit.*, p. 674.

font espérer que je ne serais pas seul à récolter les fruits de mon engagement quotidien. La quête se précise : comment vivre une ascèse du cœur, sans me couper du monde et de l'autre ?

Et maintenant, (petite) demi-heure de *zazen* : il me faut me mettre en forme pour ce soir.

37.

Je vis encore mon existence sur le mode d'un combat, et à peine arrivé au deuxième *round*, j'ai déjà le sentiment d'être sonné.

Soyons plus méthodique. Je me disperse et dois me ressaisir pour que le zen et sa pratique ne soient pas qu'une parenthèse dans l'exploration des passions qui me tiennent. Serais-je en train de fuir ?

Parfois, persiste au fond de moi le fantasme d'éradiquer toutes les passions, bonnes ou mauvaises. C'est oublier un enseignement essentiel que Descartes résume si bien : « Que c'est d'elles seules que dépend tout le bien et le mal de cette vie, [pour les plaisirs que l'âme a en commun avec le corps], ils dépendent entièrement des passions : en sorte que les hommes qu'elles peuvent le plus émouvoir sont capables de goûter le plus de douceur en cette vie[1]. »

Dans mon micro-trottoir, un internaute lance : « Voulez-vous tuer l'homme en le privant des passions ? » Voilà

1. R. Descartes, *Les Passions de l'âme*, Paris, Mille et une nuits, 1996, art. 212, p. 172-173.

qui me ramène à ma fâcheuse tendance à tout bazarder. Trop vite, je veux me débarrasser de ce qui est plus fort que moi. Les passions m'aideraient-elles à mieux vivre ? À voir. J'aperçois un pitbull à mâchoire d'acier et je détale en courant. Réaction aussi légitime que naturelle, surtout si la bête a manqué son dernier repas et qu'elle erre sans laisse. En tout cas, ce qui est plus fort que soi peut bel et bien être utile à la vie.

La question se resserre : comment faire des passions de véritables instruments de vie ?

Descartes, encore lui, indique une piste : « Les passions sont toutes bonnes de leur nature, et nous n'avons rien à éviter que leurs mauvais usages ou leur excès[1]. » La peur, par exemple, agit comme un prodigieux signal d'alarme, toujours à notre service. L'écouter, savoir l'interpréter, voilà qui peut nous sauver. Cependant, lorsque le signal défaille, la souffrance n'est jamais très loin. Comment goûter la joie du cœur quand les affres de la crainte me tourmentent ? À y regarder d'un peu plus près, c'est vraiment leur excès qui perturbe. Que penser d'une existence privée d'admiration, d'étonnement, de joie, d'amour ? J'hésite à le dire : je ne saurais envier un cœur qui bat sans passion. Même la colère, en certaines rares circonstances, donne quelques beaux fruits. L'insistance des internautes me le rappelle sans cesse.

Osons dès lors la question qui fâche : À qui l'humanité doit-elle le plus ? Aux sages, bienheureux dans leur *ataraxie* ou aux êtres passionnés ? Je ne parviens pas à imaginer une Mère Teresa mue par une froide lucidité. Ne souffrait-elle pas devant le pitoyable spectacle de la misère des hommes ? Certes, innombrables restent les fous, les furieux, les pervers et les méchants (l'histoire

1. R. Descartes, *ibid.*, art. 211, p. 170.

n'a pas légué que des François d'Assise). Passons vite sur la cohorte de ces odieux personnages pour retenir que, bien souvent, le passionné souffre ! Banal, le constat n'en est pas moins crucial.

38.

Ce matin, le message d'un internaute retient toute mon attention : « [La passion, c'est] le fait d'être attiré par un objet qui, ô surprise, va nous faire souffrir. » Dans l'idéal, loin d'obéir au doigt et à l'œil à ce qui se lève en nous, nous pourrions tenter d'écouter avec bienveillance ce que disent ces signes. Mais comment tendre l'oreille à ce qui est plus fort sans se laisser emporter, ni réduire en esclavage ? L'expérience l'atteste : l'irascible qui serre les dents, l'homme haineux qui ne se couche jamais sans maudire son ennemi, le craintif qui tremble devant tout, bref ceux que possèdent des passions tristes, peinent à goûter la joie du cœur. Leurs passions les traînent là où ils ne voulaient pas se rendre.

… Nouvelle invitation à me déprendre de l'illusion qui laisserait croire à une pleine maîtrise de la vie.

Par curiosité, j'ai feuilleté l'*Encyclopédie* de Diderot et d'Alembert, à l'article « passion ». Grâce à lui, je peux nommer un mécanisme répandu : l'*illusion passionnelle*. À en croire l'*Encyclopédie*, les passions agissent comme des verres colorés qui se posent sur la réalité. Que l'illusion d'optique puisse frapper celui qui est encore assommé par un coup de foudre, les faits l'attestent assez souvent. Quand nous rencontrons quelques mois plus tard celle que notre regard passionné avait naguère élevée au rang de déesse, nous nous demandons à bon droit ce que nos yeux ont bien pu voir de si beau. De là à dire que l'amour rend aveugle, il n'y a qu'un pas… La fascination, les projections, les préjugés, voilà ce qui rend aveugle ! De même, l'illusion passionnelle me rend dépendant d'une image, d'un fantôme. Si, dans mes attachements, je veux écarter les voiles de l'illusion, j'ai vraiment du pain sur la planche. À coup sûr, je n'ai pas la clairvoyance d'un Descartes qui confesse dans une lettre avoir un petit faible pour les femmes qui louchent. Un regard hagard, un peu de charme, il n'en faut pas beaucoup plus pour plonger le philosophe dans la passion de l'amour.

Tant d'exemples semblent pulvériser l'idéal d'un amour pur et désintéressé : il est tellement de malentendus, tellement de fausseté et d'ignorance qui exacerbent les sentiments ! Dois-je pour autant abandonner toutes ces relations où entrent quelques projections ? Pas sûr. Libre à moi de revisiter ces liens et, de proche en proche, de les dépouiller. Fragiles et complexes, les mille souvenirs, le manque, les peurs qui façonnent l'affectivité peuvent aussi devenir le lieu d'un amour plus vrai. Aimer l'autre tel qu'il est, c'est se dégager des fantasmes et des désirs. Me plaît cette histoire presque drôle : longtemps, j'ai cherché la femme idéale, je l'ai enfin trouvée. Seul problème : elle aussi recherchait l'homme idéal !

Sans vigilance, je ne me prive pas de placer dans l'objet aimé des attentes qui ne tardent jamais à me vouer à de cuisantes déconvenues. Bien souvent, « Je t'aime » ne signifie rien d'autre que « J'ai besoin de toi » ou « Viens combler mes vides ». La dépendance n'est jamais très loin. Dès lors, le ou la bien-aimé(e) devient un pourvoyeur de services, un baume, un distributeur presque automatique d'affection. Je devine les mille et une exigences, le lourd cahier des charges qui peuvent peser sur l'élue du passionné, alors que l'amour véritable est bien entendu censé rendre libre. Comment aimer en vérité, et qu'est-ce que j'aime en l'autre ? Son corps, sa douceur, elle, lui ? Qui es-tu, toi que j'aime ? Je n'ai pas fini de m'interroger.

L'*Encyclopédie* parle des sirènes trompeuses. Je me prends à imaginer Ulysse, solidement attaché au mat de son navire, fasciné par leurs chants. Il a beau vouloir leur résister, sans les liens qui le maintiennent, il céderait, victime de leur irrésistible attraction. Si les passions sont des sirènes trompeuses, en quoi nous égarent-elles ?

Et maintenant, une demi-heure de méditation. Je suis *vidé*.

39.

Mon maître en détachement m'attend sur le palier, chargé de cadeaux. Il nous a entendus venir, les enfants et moi, qui chantions à tue-tête « Étoile des neiges, mon cœur amoureux… » Il s'est étonné de ma voix dans l'escalier : claire, limpide, pleine d'allégresse, elle révélait selon lui la joie parfaite. Serait-ce qu'avec Augustin et Victorine je me lâche tout à fait et cesse de jouer mon rôle, parce que je ne décèle dans leur regard encore aucun jugement ? Redeviendrais-je enfant à leur contact, quitterais-je les conventions, la gangue, le masque trimballé en société ?

Déballage des cadeaux : de beaux livres sur le zen. Je serre le maître dans mes bras, tout joyeux. Nous prenons le bus et parlons de l'exercice de non-dualité. Voilà que soudain, il se met à hurler : « Étoile des neiges, mon cœur amoureux… » Je souris, mais souhaiterais me cacher.

Pourquoi ai-je peur ? C'est le bus où les jeunes filles ont ri de moi, mais je sens qu'il y a plus, qu'il s'en faut de beaucoup que le regard de l'autre m'indiffère.

Il continue à chanter et je suis confronté au qu'en dira-t-on, que l'ego revient. Décidément, le mot ne me plaît pas. Disons ma part narcissique, mon *moi-je*, mon *moi-d'abord*. C'est plus fort que moi. Le temps serait-il venu de me *mesurer* véritablement au regard de l'autre ? Voilà qui me ramène vers la passion. Et le passionné ne vit pas seul. Dans son excès, il lui est difficile de ne pas traîner ses passions en public.

Certes, je dissimule ma jalousie pour les beaux garçons, mais ma colère, ma tristesse, ma joie, je les transbahute au cœur de la foule. Oui, avec le maître, je commence à comprendre qu'il existe des passions *sociales*. Sociales, car elles semblent naître directement du contact avec autrui. Sur une île déserte, nulle vantardise, aucune jalousie, exit le besoin de gloire et la honte. J'irais tout nu ! En société, au milieu des autres, je me compare, je jalouse, j'envie, je déteste, j'aime et devine mille causes là-dessous : peur, désir de reconnaissance, volonté d'affirmation… Le tout me rend sensible aux regards et aux dires de mes congénères. C'est plus fort que moi.

Nul besoin d'être grand naturaliste pour constater que les passions peuvent protéger l'individu, le conserver. Le fasciné, l'homme furieux, le craintif ne feraient-ils donc que s'adapter au milieu ambiant ? Mais que dire de l'orgueilleux, de l'ambitieux et du vantard ? Tout ne vient pas que de l'instinct d'adaptation. Je devine que, sur une île déserte, mon corps serait parfait, ou presque, je n'aurais pas besoin d'un ventre plat ni d'yeux bleus, et je ferais allégrement avec ce que je suis. Cependant, dans le métro, au magasin, j'aimerais avoir un autre corps. À y regarder d'un peu plus près, lorsque je donne une conférence, lorsque je suis accueilli, je me fous du handicap, je suis bien dans ma vocation de conférencier. Réduit à l'infirmité, devant des yeux qui ne me connaissent pas, c'est là que me manque une silhouette normale et belle.

À ce propos, j'aime la distinction de Rousseau qui peut jeter les bases d'un nouvel exercice spirituel : « L'amour de soi, qui ne regarde qu'à nous, est content quand nos vrais besoins sont satisfaits ; mais l'amour-propre, qui se compare, n'est jamais content et ne saurait l'être, parce que ce sentiment, en nous préférant aux autres, exige aussi que les autres nous préfèrent à eux ; ce qui est impossible. Voilà comment les passions douces et affectueuses naissent de l'amour de soi, et comment les passions haineuses et irascibles naissent de l'amour-propre[1]. »

Loin de blâmer l'intérêt pour ainsi dire viscéral que je me porte, je souhaite en ce matin le définir, en élargir le sens. Je le répète : je fais trop grand cas de ma personne, de là découlent tant de souffrances. Si je renonce à l'angélisme et si j'oublie pour un temps mon aspiration à un amour total et désintéressé, je vois bien que même le calcul le plus égoïste me commande de m'intéresser à autrui. Je ne pourrai jamais bricoler un bonheur ni une joie à l'écart de l'autre. Et je peine à imaginer un être absolument malveillant goûter à la béatitude et au contentement de soi. Au contraire, aujourd'hui, tout me montre qu'un sain amour de soi me convie encore et toujours à me décentrer quelque peu.

Comme il est tenace, l'amour-propre ! Une vraie boîte de Pandore : « Je suis moins beau que lui », « Elle est plus détachée que moi », « J'aimerais être le maître »…

1. J.-J. Rousseau, *Émile*, chap. IV, *in* Philippe Fontaine, *La Passion*, Paris, Ellipse, 2004, p. 85.

Tout cela serait risible si jalousie, envie, colère ne prenaient leur source dans cette fâcheuse tendance.

Tout à l'heure, je me suis essayé à pratiquer la non-dualité et me suis imaginé être ce jeune homme croisé dans la rue. M'ont sauté aux yeux les mille désagréments de sa vie quotidienne que j'oublie tristement dans mon idéalisation. Au fond, idéaliser, c'est se couper du réel.

Je devine de la haine de soi dans la fascination que je porte aux garçons *normaux*.

40.

Jour de Noël. En me réveillant archi-courbatu, je me suis fait la réflexion que le *zazen* n'est sans doute pas pour moi, que l'immobilité m'est interdite, ou qu'elle se paie toujours très cher. Mon mal de nuque revient me torturer, une nouvelle fois et avec force.

Qu'est-ce qui m'attire dans le zen ? Le corps. J'ai l'impression d'avoir vécu à l'écart de lui. Je l'ai fui pour ne pas souffrir, me réfugiant dans des édifices conceptuels. Aujourd'hui, il se rappelle à moi, rompu, fatigué, et pour tout dire, passionné. Je veux combler le vide que je ne cesse de découvrir en moi. Oser dès lors s'asseoir et ne rien faire, se contenter d'être, me risquer à une sobre présence, voilà le défi majeur. Le zen m'ouvre à cette gratuité. Au prix de quelques douleurs et de beaucoup d'ennuis, je descends peu à peu dans ce corps, j'accède progressivement au fond du fond, loin des couches superficielles qui m'agitent en tous sens. Je devine que la paix doit habiter tout l'être, corps compris. Le *zazen*, c'est laisser les choses se manifester sans interférer, sans commenter. Tout peut ainsi devenir occasion de *zazen*. Quand je marche, je marche… sans que mon esprit ne vagabonde ailleurs, sans que je me perde en de vaines rêveries qui me coupent du moment présent.

À côté de cette aspiration légitime, je crois que ma tendance « tout ou rien » me fait aspirer à un fantasme, une chimère. Parfois, je voudrais devenir un maître zen insensible à la douleur, à la moquerie. Oui, je souhaiterais être un sage en pleine béatitude, loin, si loin des tribulations du monde. Je n'aurais en ce matin pas à souffrir de l'absence d'un ami, je me moquerais de cette nuque qui me chicane, je serais au-delà, bien au-delà de tout. En réalité, je dois m'adonner à la pratique du *zazen* pour être ne serait-ce qu'un peu plus dans le présent et atténuer ainsi progressivement, sans les éteindre toutes, craintes et attentes.

La paix du cœur, l'illumination auxquelles je tends, mon *satori*, ce n'est en fait que la joie qui ne dépend d'aucune condition. Et je soupçonne que mille et un chemins y conduisent.

Ma jalousie pour les garçons *normaux* naît toutefois d'un refus de ce corps que je trimballe en société. C'est pourquoi j'aime les cyniques, même si je peine à les suivre : eux ne se laissent pas déterminer par le regard d'autrui. Mais je ne voudrais pas cependant, tarabusté par mes tiraillements, me précipiter dans une indifférence inhumaine. Là encore, la joie doit me guider, comme moteur et ressource. Je sais bien qu'en dernier ressort, elle ne dépend pas totalement de la reconnaissance et encore moins de l'affection que me prodiguent les gens. Même si celle-ci aide et panse certaines plaies, elle ne pourrait combler les désirs infinis qui habitent un cœur blessé. *Se tenir en joie* c'est, je le crois aujourd'hui, avancer loin de toute autosuffisance, mais sans dégringoler dans la dépendance.

Au moment où je déballais les cadeaux avec les enfants, je n'ai pas pu m'empêcher de me demander : « Serons-nous tous là au prochain Noël ? » Passons ! Regardant mon fils ouvrir un paquet après l'autre, j'ai contemplé, émerveillé, ses yeux d'être innocent qui suce goulûment le sein de la vie. Absorbé, il était totalement dans le présent même si, plein d'impatience, il louchait parfois sur le cadeau suivant. Si seulement j'avais cette simplicité dans mes désirs ! Ce qu'il vit sans tiraillements, sans culpabilité, à mon âge, je le subis.

La prudence et la vigilance recommanderaient déjà de différer le moment de l'action, de s'interroger sur ce qui est réellement bon. Aveuglé, le passionné est capable, contre son propre intérêt (maints exemples l'attestent), de se tirer une balle dans le pied. Comment, la prochaine fois, tenter la résistance ou l'inaction sans obéir aux désirs nocifs qui se manifestent en moi ?

Je me rappelle comment Sénèque évoque la façon dont Galien conseillait un maître, malheureux d'avoir battu son esclave. Il lui disait à peu près ceci : « La prochaine fois, dis-toi : "Je vais le battre demain." » Parions que le matin venu, l'intempérant n'avait plus envie de filer une raclée à son serviteur !

Donc, devant la violence de la passion, ruser, différer et – pourquoi pas ? – pratiquer l'art du détour, à la seule condition que l'émotion ne l'emporte pas. Comment *esquiver* ma colère et ma peur lorsque je suis déjà engagé dans leur tourbillon ? Vaste question qui me laisse sans réponse.

Et maintenant, vingt minutes de *zazen* avant de savourer le repas de Noël, histoire d'être en forme !

41.

Dix minutes d'assise méditative bâclée auront suffi à révéler le tourbillon qui traverse mon esprit, le flot des désirs artificiels.

Dix minutes de vains *efforts* pour atteindre le silence intérieur, la paix du cœur et qui me montrent combien peu je m'appartiens !

Avant d'ergoter sur l'aliénation, le déterminisme, le libre arbitre ou la liberté d'indifférence, chacun ne devrait-il pas tenter l'exercice ? Dix minutes, assis à observer se déchaîner la cascade de ses rêveries. C'est vraiment plus fort que moi. Si même mes pensées échappent à un plein contrôle, que dire des désirs, des émotions et de la passion ? Durant l'assise, je voulais être ailleurs, embrasser mes enfants, je désirais raconter à ma femme mes pérégrinations méditatives ou appeler B simplement pour savoir s'il allait bien…

J'ai fini par éteindre le minuteur. Incapable d'observer sans réagir chaque lubie qui apparaissait. L'envie de me délivrer de mes tensions intérieures a été la plus forte, une fois de plus ! Je n'ai pu que faire mienne l'observation d'Oscar Wilde : « La meilleure façon de se débarrasser d'une tentation, c'est d'y succomber[1] ! »

Durant ces dix minutes, une nouvelle fois, je n'ai pas su percevoir la joie dans l'instant. Il me fallait plus, beaucoup plus. Le *zazen* me renseigne sur ce mode de vivre qui veut tout posséder, tout garder, tout saisir, au prix de mille et un tourments.

1. O. Wilde, *Le Portrait de Dorian Gray*, Paris, Gallimard, 1992.

Méditer procède de l'accueil, du non-jugement. Il s'agit d'écouter avec bienveillance les désirs, de les examiner sans les condamner. Comment suspendre le jugement, arrêter de vouloir me changer tout en m'attardant quelque peu auprès des tyrans intérieurs ?

L'histoire de Gygès[1] que raconte Platon est l'occasion d'un nouvel exercice. Ce vertueux paysan respectait la loi et faisait tout *comme il faut* jusqu'au jour où il trouva dans un champ une bague, et pas n'importe laquelle : une bague magique. Si on l'enfilait d'une certaine manière à son doigt, immédiatement on devenait invisible.

Qu'advint-il donc du brave Gygès ? Voilà qu'il se livra à divers forfaits. Finalement, pour avoir commerce avec la reine et profiter des prérogatives royales, il tua tout simplement le monarque. Si avant sa découverte Gygès s'était montré honnête et loyal, c'était uniquement par peur. Sous le manteau de la vertu se cachaient en réalité l'égoïsme le plus vil et les ambitions les plus folles.

Qu'arriverait-il si d'aventure je possédais la bague ?

Trouver l'audace d'enfiler l'anneau de Gygès pour pratiquer cet exercice *à fond* me forcerait à affronter non seulement les désirs mais aussi les manques qui à coup sûr peuplent mon cœur.

42.

Pour se libérer, il faut se savoir esclave !

Histoire de reprendre le souffle après une séance de luge, j'ai raconté à mes enfants l'histoire de Gygès et de

1. Platon, *La République*, *op. cit.*, l. II, 359b-360d, p. 123-125.

son anneau magique. « Et vous, que feriez-vous si vous aviez l'anneau ? » « Je volerais un bob », rétorque ma fille tandis que mon garçon renchérit : « Moi, des boîtes de raviolis ! » Question : « Et papa, qu'est-ce qu'il ferait s'il avait l'anneau ? » Les yeux rieurs, ils attendent. Ma fille lâche enfin : « Toi, tout ce que tu fais, ça marche ! Mais tu ne voudrais peut-être pas être handicapé ? »

Voilà que revient LE désir enfoui, jamais aussi clairement formulé.

J'avais pourtant fait ma liste et m'étais plu à m'imaginer l'heureux possesseur de l'anneau magique. Que ferais-je donc ? Oh, rien de grave ! D'abord, j'irais épier quelques garçons *normaux* dans leur vie quotidienne, histoire de les désidéaliser, de voir qu'ils doivent eux aussi faire face à des difficultés. Je m'autoriserais ensuite un bref saut à la librairie juste pour embarquer à l'œil une pile d'ouvrages et, en passant, je ne résisterais pas à une petite halte à la banque, afin d'assurer mes fins de mois et de jouer au Robin des Bois qui-vole-aux-riches-pour-donner-aux-pauvres-pauvres.

Enfin si, tel Aladin, je croisais un bon génie, il est tout sauf sûr, même en y réfléchissant d'un peu plus près, que je changerais de corps. Après tout, il me constitue. C'est lui qui a aussi façonné mon état d'esprit.

Mon état d'esprit, *mon* corps… je sens bien qu'un désir servile veut tout posséder, tout s'approprier, ligoter entièrement son objet. Mission impossible, qui ne peut que nous vouer au mal-être ! Quand je loupe un avion, c'est *mon* avion. Il y a deux cent cinquante places dans l'appareil, mais c'est *mon* avion. *Mon* avion, *ma* femme, *mes* enfants, *mes* amis. Cette volonté implacable est permanente : « Je te veux, je te veux pour toujours. »

Dès qu'il y a un « pourvu que ça dure », nous voilà mal barrés ! Pourquoi souhaiterais-je être *normal* ?

L'expérience quotidienne suffit à démontrer que la possession et l'avoir ne rendent pas nécessairement heureux. Familier de cette idée, je dois donc m'interdire d'acheter des livres sur le détachement, ou de me vouloir à la place d'un Apollon. À côté de mon rêve de *normalité*, je débusque un autre désir, tout aussi violent : mon désir de dépouillement a déjà fait *déborder* quelques rayons de ma bibliothèque ! Confondant paradoxe. À quoi bon chercher dans l'avoir ce qui ne s'obtient que dans la pratique et l'abandon ? Je le sais, et pourtant…

Si je prends mon désir de dépouillement comme échantillon, qu'il me suffise de convenir qu'il n'est en soi pas mauvais. Ce n'est que faute de l'écouter vraiment que je me fourvoie. Car que me dit-il ? Certainement pas de consommer ni d'amasser des livres, encore moins de m'encombrer de théories nouvelles qui m'éloignent d'une pratique saine et sobre. Au contraire, il me convie à savourer le présent, à y puiser l'essentiel de mes ressources, à bannir ces tenaces inclinaisons à la comparaison qui me poussent à désirer être quelqu'un d'autre. Quant à ma soif de plaisir étanchée sans vigilance, elle ne peut que me mener à la dépendance et à la souffrance. Trop docile à certains de mes désirs, j'en subis les conséquences. C'est le cas évidemment lorsque, souhaitant goûter les fruits de l'amitié, je me ligote à l'autre. Comme un avare, je confonds souvent le moyen et la fin. Or si celui-ci tient tellement à thésauriser, c'est avant tout et ultimement parce qu'il aspire à devenir heureux. Dans sa quête, il s'égare, voilà tout ! Moi aussi…

Les stoïciens m'aident une fois de plus. En effet, ils recommandent, bien à propos, d'identifier la passion avant qu'elle soit arrivée à maturité. J'aperçois une belle femme, je me sens fragile, je recule donc… disons juste de trois petits pas ! Ce serait déjà une prudence qui, au courant des méfaits de l'aliénation, préviendrait simplement le risque plus ou moins grand de se casser la figure. Le plus surprenant dans cette affaire c'est que, lorsque je considère le manque de liberté, presque immanquablement me viennent à l'esprit ses entraves extérieures. Mais c'est aux entraves intérieures que je devrais penser, à celles que je m'inflige quotidiennement : préjugés, fantasmes, impossibles attentes.

Je n'arrive pas tout à fait à tordre le cou au préjugé tenace qui me laisse croire qu'en me mettant au centre du monde, j'obtiendrai le bonheur en partage. Oui, je dis « préjugé », alors qu'il s'agit plutôt d'une intuition obscure qui, tapie au fond de moi, sommeille, sorte d'injonction inconsciente : « Sois le premier, sois le premier en tout, tu seras plus heureux ! » Je pourrais d'abord critiquer cette funeste conviction et me contenter d'expérimenter à fond ce que je devine déjà : plus nous nous abandonnons, moins nous faisons cas de notre personne, plus nous goûtons la joie libre. Ces derniers temps, je crois m'être focalisé sur un problème pour consacrer toute mon énergie à la lutte : je dois me libérer de ma fascination, je dois résister, je dois… Sur cette pente, je ne fais que m'endurcir. Paradoxalement, cette démarche volontariste, cette tentation de s'aguerrir, me rendent encore plus vulnérable. Je suis épuisé. Par degrés, j'aimerais quitter cette lutte née d'un *moi* qui, loin de s'abandonner, voudrait obtenir plus de la vie, même s'il se réclame du détachement.

À cette sorte d'instinct vient s'ajouter l'idée vague qu'autrui doit répondre à mes besoins et me servir, tout le temps. Quoi de plus grotesque que d'encourager son enfant à gronder une pierre sur laquelle son pied a glissé ! Elle n'y peut rien ! Pas plus que la grippe, les infirmités et les intempéries… Je suis cet enfant qui récrimine face à un monde qui lui échappe et lui résiste. Le meilleur service à lui rendre ici serait de l'inviter à passer à autre chose, éventuellement de l'inciter à la prudence. Il faut le dire et le répéter : ce n'est pas le sacrifice ni le renoncement qui conduisent au détachement, mais bien plutôt la joie. Et c'est un homme en plein sevrage qui l'écrit… Le sevré affirme que le détachement naît de la joie, celle qui pousse à oser l'abandon, à prendre le risque de se libérer de tout, choses et êtres. Cette joie, il ne suffit pas de claquer des doigts pour l'appeler. Voilà d'ailleurs ce qui l'apparente à la passion. Elle aussi, plus forte que moi, ne saurait dépendre entièrement de ma volonté. Cependant, je veux continuer à croire que, si minime puisse-t-il être, nous avons sur elle quelque pouvoir.

À ce stade de mon enquête, je peux partiellement conclure en disant que :
a) la joie est adhésion au réel ;
b) elle requiert l'acceptation à cette adhésion.

Mais pour l'instant, c'est la peur et la haine de soi qui me ligotent à ma petite individualité, qu'il s'agirait de lâcher. J'imagine que c'est un peu comme sauter en parachute : il faut y aller, ne serait-ce que pour voir s'il s'ouvre ! Oserai-je me lancer ?

43.

Ce matin, lors d'un petit tour à pied, j'ai aperçu un corbillard. J'ai, dès lors, pensé à la quête du Bouddha : faire cesser la souffrance. Sur le chemin de Siddharta Sakyamuni, un vieillard, un malade, un mort et un religieux errant dépourvus de toute inquiétude retournèrent l'esprit d'un prince habitué au confort palatial et le jetèrent sur les routes de l'ascèse et du détachement. Le convoi funèbre a démarré brusquement, et j'ai bien été contraint de relativiser mes obsessions, la peur de perdre Z et la difficulté de vivre ce corps qui, lui aussi, un jour, partira en un tel fourgon.

Devant ce triste spectacle, je suis revenu sur terre, pour regarder la réalité bien en face : que pèsent mes velléités en regard de l'échéance ultime ? À quoi bon m'agiter ? En somme, j'ai stoppé net ma macabre rêverie pour puiser en cet instant une nouvelle invitation à savourer l'existence. Je me suis alors presque précipité vers la maison, plein du désir d'embrasser mes enfants et ma femme. Que de temps et d'énergie gaspillés en de vains regrets et de folles espérances, que d'obstacles à la joie !

La rencontre de la mort me ramène à la vie. Singulier détour ! En marchant en ce froid après-midi, je ressens malgré mes tiraillements, mes manques, une gratitude extrême.

44.

Ce soir, j'ai téléphoné à un ami : « Excuse-moi de te déranger… » Il a répondu : « Tu n'as pas ce pouvoir. »

Je m'interroge : qu'est-ce qui a du pouvoir sur moi ?

Sous les désirs de surface qui, bien souvent, me tyrannisent dans les profondeurs, subsiste l'aspiration au bonheur ou à la joie. L'individu en colère, le mari jaloux, l'âme en peine, le vieil aigri, l'amoureuse, tous partageraient-ils la même visée ? Voilà qui nous rendrait frères et sœurs ! Bref, sur les chemins de la félicité, le passionné s'égare, en voulant s'abreuver à de mauvaises sources ou, plutôt, en cherchant à ne se désaltérer qu'à une seule.

L'obsession coupe de la joie, réduit le monde et, pour ma part, me transforme en esclave.

C'est donc inutilement, et pour mon malheur, que j'attribue importance et pouvoir à ce qui ne peut me rendre heureux. Du regard de l'autre, d'un livre, de Z, je finis par faire des despotes qui ont droit de vie ou de mort sur ma joie. Comment me tenir en joie ? Assurément, je tends à la liberté, mais en vain. Lucrèce a beau s'égosiller, dans mon avidité, je ne peux, je ne veux pas l'entendre ni l'écouter : « Au reste, nous tournons en rond au même endroit sans jamais en sortir, et vivre ne nous forge aucun nouveau plaisir. Par contre, aussi longtemps que quelque chose manque à notre ardent désir, cette chose nous semble supérieure à tout ; et, lorsque nous l'avons, notre désir ardent se porte sur une autre, et une égale soif de vivre nous possède, et nous restons ainsi, toujours, bouche béante[1]. »

Puissé-je me le rappeler, la prochaine fois que j'envierai le sort d'un autre !

45.

Séance de *zazen*. Un joli chiasme m'a traversé l'esprit : ascèse du désir, désir de l'ascèse. Il faut une certaine forme de passion pour désirer rester assis-couché quinze minutes alors que le téléphone ne cesse de sonner et que tout appelle à l'affairement !

Sans une tenace détermination, je ne serais sans doute pas là, à rédiger ces lignes. Il existe donc des désirs bons et productifs ! Aller vers un peu de détachement, ce n'est

1. Lucrèce, *De la nature des choses*, ch. III, 1080, Paris, Le Livre de Poche, 2002, p. 355-356.

pas nécessairement tous les réprimer. Dans *Le Miroir vide*, Van de Wetering[1] rapporte une parabole qui donne à réfléchir, à désirer et à pratiquer.

> Un jeune homme se rend à la montagne pour rencontrer un saint qui habite non loin d'une rivière. À son arrivée, l'ermite lui demande : « Que veux-tu ? » et le garçon de répondre : « Maître, devenir votre disciple. » « Pourquoi ? » s'enquiert aussitôt le sage. « Parce que je veux trouver Dieu », rétorque le visiteur. Soudain, le maître saisit solidement la tête de son hôte pour la plonger et la maintenir dans la rivière. Après une minute, il libère l'inconnu et l'interroge : « Que désirais-tu le plus quand je te tenais la tête sous l'eau ? » « De l'air ! » dit le garçon. Le sage le prie alors de revenir quand il aura autant besoin de Dieu qu'il a eu besoin d'air !

De cette histoire, je retiens que seul un désir véritable de liberté peut nous aider à progresser. Parfois, j'ai l'impression de dilapider mon temps à poursuivre des buts mondains, de chercher mon bonheur là où il n'est pas. À quoi bon tenter de vider la mer ? Oui, il se fait comme un regret en moi en songeant que si j'avais dédié ma vie au désir de la liberté, je serais un peu moins tourmenté ! Oui, si je m'étais consacré à cet appel, sans m'égarer dans de vaines ambitions, assurément je souffrirais moins. Mais trêve de regrets, seul le présent importe.

Ascèse du désir, désir de l'ascèse…

Ici, le paradoxe semble absolu : plus nous aimons la vie en nous, plus nous pouvons nous détacher de nous.

---

1. J. Van de Wetering, *Le Miroir vide*, Paris, Payot & Rivages, 2000, p. 141.

Plus elle nous nourrit, plus l'ego possesseur, tyrannique, vorace, disparaît. Le désir de joie, la soif de félicité, tout appelle à quitter ce petit moi. Oui, la joie se cultive à domicile, au fond du fond, loin du moi capricieux. Montaigne me guide : « Chacun court ailleurs et à l'avenir, d'autant que nul n'est arrivé à soi[1]. » Je devine que c'est le mécontentement qui me ligote et me rend dépendant de chimères et d'ombres fugitives. Non, ni les guerres intestines, ni le mépris de soi, ni la répression acharnée ne délivrent.

Et sur ce, petit tour à pied avec les enfants.

46.

Ce matin, las d'écrire, je me suis promené.

Dans la rue, début de discussion avec un jeune inconnu qui m'a invité à partager un verre. Devant un jus de pêche, je contemple discrètement son corps, l'esprit accaparé par la vieille rengaine : « Que ce doit être bon d'arpenter la ville avec un corps si bien bâti… » Il m'avoue aimer séduire et revisite à sa manière l'étymologie de *se ducere*, conduire à soi… Je n'ose évidemment pas lui dire que je n'ai jamais pu me permettre le donjuanisme et que parfois j'en éprouve un vif regret. Ses propos commencent à m'étonner lorsqu'il me fait part de son insatisfaction et du peu de confiance qu'il retire de ses aventures.

Au fond, il confirme ce que je pressentais : la séduction, qui veut tout *ramener à elle*, est un *autogoal*. Rien à voir avec un amour vrai, disponible, offert qui,

1. M. E. de Montaigne, *Essais*, *op. cit.*, l. III, chap. XI.

lui, tient d'une véritable audace. Je me dis que, de là à sombrer dans le manque, à instrumentaliser l'autre et à conditionner sa joie à des succès aussi futiles qu'éphémères, il n'y a qu'un pas. Et pourtant, si j'avais eu l'« équipement » requis, je me serais moi aussi lancé naguère dans des conquêtes féminines, dans l'espoir – vain – de glaner une reconnaissance. Pour l'heure, peut-être me suffirait-il d'en avoir la possibilité, sans la réaliser. Je rêve parfois de refroidir l'ardeur d'une Vénus en quelques mots tranchés : « Rhabille-toi, tu vas prendre froid. Et passe ton chemin, je suis marié ! » Mais la confession du jeune homme m'a refroidi : dépendance, insatisfaction, voilà le lot de ce Don Juan.

Cinq minutes avant sa confidence, je me comparais à cet inconnu, j'aurais voulu habiter son corps…

Ma fascination s'est brusquement éteinte.

Parfois, je jalouse des amis, je les envie d'être si beaux. Le tout est donc de me décentrer un tout petit peu, de laisser de moins en moins de place à ces tristes inclinations égotistes. Je doute de moi et souhaite importer du dehors de l'estime, de l'approbation. Or, même si je ressens un manque, même si je sais bien que je n'aurai jamais un tel corps, l'amour de soi et la célébration de mon existence fragile restent possibles. En saluant le jeune homme, j'ai mesuré que ni les blessures ni les carences ne m'empêchent de savourer la vie, de profiter de mes passions. Je me suis aussi dit que je m'approprie un peu trop vite le monopole de la souffrance. La mienne est certes visible, mais chacun porte sa croix.

Pour le dire dans les mots du Bouddha, qui sont plus *dans le vent* : « Tout est *dukkha*. »

47.

Aujourd'hui, j'ai essayé de changer les couches de mon fils qui fêtera bientôt ses quatre ans. Odeurs à tourner de l'œil… C'est fou comme j'aime ce petit être ! Je l'aime aussi avec *ça* ! Ce *ça* fait partie du lot et j'aime tout le lot. Je mesure l'inutilité du *merismos*. Tant mieux. À quoi bon découper l'être aimé en parties, à quoi bon voir en lui un amas de chair, de viscères et d'os ? Il est tout cela. Je l'aime tout de même.

Devant le sentiment que j'éprouve pour mon garçon, petite intuition lancinante, qui s'insinue dans mon esprit : est-ce cela l'amour inconditionnel ? En tout cas, voilà *quelque* chose qui s'en rapproche. Ne puis-je pas l'élargir un peu ? J'aime mon garçon, j'aime ma fille, j'aime ma femme et mes amis, mais pourquoi me limiter à ces êtres proches ? J'aime, je *sens* (au sens propre du terme) l'idée que mon petit amour, aussi fragile soit-il, peut me servir de guide pour aller à la rencontre de l'autre.

Quelle est donc la pitoyable raison de ce malentendu qui voudrait que le philosophe ou le maître spirituel cultivent leur bonheur, leur sérénité loin de la vie, à l'écart des autres, en odeur de sainteté ?

Une telle approche ne vaut rien, voilà le fond de ma pensée ! Tout se partage et se reçoit. Les saveurs du jour, la tendresse recueillie me réconfortent et me permettent de donner à mon tour.

Donc cesser, vraiment, d'assouvir docilement un désir après l'autre, ce qui ne manque pas de laisser une insatisfaction abyssale.

48.

Récente et fructueuse discussion avec un étudiant en philosophie…

Je réalise combien je m'éloigne de celle qui m'a tant donné :

Lui : Je viens de lire un commentaire de *La République* de Platon. L'Éros est la force qui nous mène à l'Être.

Moi : Mais nous sommes déjà dans l'être. Il suffit de le ressentir, de le vivre. J'essaie depuis peu de pratiquer la méditation zen. Être couché, ne rien faire, regarder passer le train de nos pensées sans monter dans aucun wagon. Je réalise comme je suis happé par les circonstances et combien peu je m'appartiens.

Lui : Ne crois-tu pas qu'il faille instituer une rupture entre le discours philosophique et la vie ?

Moi : Tu te goinfres de croissants de si bon matin ! Comment tu fais pour avoir un ventre aussi plat ?

Lui : Le sport, et je fais souvent l'amour… J'aime bien Platon. Il faut une ascèse pour vivre une vie authentiquement philosophique.

Moi : Pour tout te dire, la philosophie me gonfle un peu ces temps. En tout cas, elle ne guérit pas, pas moi, du moins !

Lui : Qu'est-ce qui t'aide, si ce n'est pas la philosophie ?

Moi : L'exercice. Tenter d'être totalement là, sans juger, sans qualifier quoi que ce soit.

Lui : Tu y arrives ?

Moi : Parfois. Et même si je juge, j'essaie de ne pas juger le jugement. En ce moment, je découvre que la raison est bien limitée. Ma raison sait qu'il ne suffit

pas d'avoir un ventre plat pour goûter la félicité et pourtant quelque chose en moi en doute et désire ce ventre plat.
Lui : C'est le dualisme cartésien. Le corps et l'esprit ne sont pas du même ordre. Voudrais-tu suspendre ton jugement, faire comme les sceptiques ?
Moi : Absolument ! J'ai souvent pensé que s'abstenir de tout qualificatif rendait la vie morne et terne, mais peut-être qu'au-delà de nos appréciations, il y a une beauté, une bonté, une simplicité du monde. Mais nous retombons ici dans des concepts.
Lui : Un caillou, lui non plus, ne juge pas. Le discours, la parole, les mots participent de la beauté de notre condition.
Moi : Mais tenter de ne pas trop qualifier, ce n'est certes pas devenir une pierre. Tu traverses la rue, un passant te bouscule et tu t'abstiens de penser : « Quel abruti, celui-là ! » ou si tu le penses, tu ne nourris pas cette idée, tu ne t'y attardes pas. Voilà un exercice qui peut occuper à plein temps !

49.

Depuis tout à l'heure, mille pensées s'enchaînent. Un torrent noir d'idées. Je redoute de perdre mon fils, je crains que ma fille ne soit victime d'une maladie grave. J'ai peur, j'ai peur, j'ai peur. En faisant de la luge, Augustin et moi nous sommes retrouvés nez à nez avec la roue d'une voiture. Il s'en est fallu de peu pour qu'il ne soit écrasé. Depuis, une crainte rétrospective me hante. Impossible de m'ôter ça de la tête !

Ce que j'expérimente en *zazen* ne m'est en cet instant quasiment d'aucune utilité. Pourtant, lors de l'assise méditative, quand je compte mes respirations : un, deux, trois, quatre, cinq, six, sept, huit, neuf, dix, je parviens souvent à n'être plus que le témoin du torrent de mes idées, de la cascade de mes rêveries. La même pensée ne m'occupe guère plus de trois expirations. Mais à présent, alors que d'ordinaire mon imagination passe du coq à l'âne, je suis attaché à cette peur, je la rumine. Bêtement. Mis au courant de ce trouble, un ami m'a provoqué : « Tout cela en vaut-il la peine ? Moi, je suis célibataire. Je n'ai pas ce souci ! » Pour rien au monde, même pour une bienheureuse insouciance, je ne voudrais me priver de la paternité.

Je commence à pressentir que c'est au sein de mes angoisses que le détachement peut advenir. Un sermon de Jean Tauler[1] pourrait m'aider. Le mystique rhénan conseille, lorsque les tourments montent comme une tornade, de ne plus s'affairer. Il note que nous nous agitons en tous sens et cherchons de l'aide en dehors, dans la fuite en somme. Je devrais donc oser l'inaction, attendre, sans rien faire, que la vague passe, car, tôt ou tard, immanquablement, elle passe. Sans doute reviendra-t-elle, mais elle disparaîtra aussi et encore ! Est-ce cela le détachement ? Peut-être. Pour le moment, je ne renie pas mes peurs et mes blessures : oui, j'aime cet enfant. Oui, je redoute de le perdre. En ce sens, il me dépossède déjà un peu de moi. Je ne suis plus le centre du monde. À trois heures du matin, quand, persuadé d'avoir vu voler abeilles et moustiques, il *braille*, c'est la vie qui vient à moi me déposséder.

Au fil de ce journal, je découvre une nouvelle difficulté : assumer les hauts et les bas de l'existence. Jamais de progression linéaire, jamais de progrès définitif. Je

1. J. Tauler, *Sermons*, Paris, Éditions du Cerf, 1991, p. 238.

goûte une joie pure et sans taches et voilà qu'un ridicule accroc me plonge au fond du gouffre. Jamais je ne parviens à m'installer une fois pour toutes…

Donc tout simplement penser et vivre l'attachement comme le lieu possible du détachement, son terrain d'exercice. Ce soir, il me faut sauter en pleine affectivité, oser m'y abandonner.

50.

Décidément, la crainte me tient au corps et la précarité de l'existence se rappelle à mon âme inquiète. Je viens d'apprendre la mort d'un jeune homme de mon village. Une vieille interrogation ressurgit : le monde est injuste. Il est difficile en ce matin de ne pas en voir la cruelle absurdité. À quoi bon ? Je sais qu'au-delà de la justice, la réalité n'a pas à être juste ou injuste. Si je commence à juger, je suis *foutu*. La question s'était déjà posée pour le handicap : pourquoi moi ? Pourquoi cette inégalité ? J'avais cru calmer la blessure avec des mots bien connus de Spinoza : « Par réalité et par perfection j'entends la même chose[1]. » L'injustice est ailleurs. Elle suppose une liberté, une volonté, un responsable.

Trois tours de cordon ombilical tiennent du *manque de pot*, en aucun cas d'une injustice !

Mourir de faim, la voilà, l'injustice !

Contre les coups du sort, que pouvons-nous faire ? Ce qui est sûr, c'est que la révolte dilapide les forces que réclameraient les vrais combats. J'ai beau vociférer contre l'injustice, que suis-je prêt à donner ? Se détacher

1. B. Spinoza, *Éthique*, *op. cit.*, II, explication 6, p. 102.

de soi, c'est s'engager, aimer concrètement, *en actes*. Loin de juger, de critiquer tout le monde, je peux oser l'action. Et d'abord, me demander : « Que vais-je réellement faire pour cette famille endeuillée ? »

51.

Ce matin, gros temps, vague chagrine… J'ai fait mon *zazen* et me voilà reparti pour un tour ! Durant l'assise a surgi l'habituelle foule des désirs, des lubies qui n'ont pas fini de m'étonner (faudra-t-il toute une vie pour me dépouiller de ces besoins superflus qui m'arrachent au réel ?)… Cette pratique quotidienne est pourtant une mine d'enseignements. Chaque séance *se conclut* soit par un « Merde, déjà ! » soit par un « Enfin ! », deux attitudes fondamentales à l'endroit de l'existence : le mode possessif et celui du rejet. Peu à peu, j'apprends à goûter l'être, le *rien-faire*. Sous la surface agitée, derrière les fantaisies, les caprices, je découvre une joie immense, vierge et belle qui relève de l'être et se moque de l'avoir.

En somme, je ne me suis jusqu'ici détourné de cette source intarissable que pour suivre des désirs étriqués qui m'épuisent sans me nourrir. J'expérimente désormais une vérité cruelle : qui souhaite posséder, est possédé. Mais ne se débarrasse pas qui veut de ses manies. Un *haiku* me propose en cet instant de contempler la rose sans la cueillir.

Plus difficile encore : regarder une femme sans vouloir la conquérir.

Vivre *à fond* tient de la dégustation plus que de la dévoration. J'ai toutes les peines à vivre le moment présent sans désirer qu'il perdure et je rejette encore les mille et un tracas qui me traversent chaque jour. Les exercices spirituels me sont certes d'une belle utilité mais le saut essentiel, je le diffère sans cesse. Dans la tristesse, par exemple, je pourrais me laisser *couler* au fond, abandonner la surface, car, là où règne de l'agitation, là se développent aussi les vagues. Sur ce terrain, mon corps a une longueur d'avance sur l'esprit : j'ai appris, voici quelques mois, à nager. J'ai découvert que pour flotter il n'y avait rien à faire. Sans résistances, sans tensions, le nageur qui excelle dans l'art de flotter, n'a rien à faire. Cette *non-activité sportive* pourrait inspirer un art de vivre : ne rien faire, ne pas lutter, ne pas s'opposer, ne pas discuter le réel mais se laisser flotter en lui.

Le détachement, au milieu de la vague des passions, c'est l'art de flotter allégrement.

52.

Une dame m'envoie douze cassettes sur lesquelles elle a enregistré sa lecture de *L'Erreur de Descartes* d'Antonio Damasio. J'écoute à la hâte ce texte et visionne des émissions jointes à l'envoi, où le neurologue portugais désenvoûte la raison. Réhabiliterait-il aussi la passion lorsqu'il critique notre fâcheuse tendance à séparer radicalement raison et émotion ? Sans passion, la raison pourrait bien tourner à vide. Ce médecin a ausculté bon nombre de patients dont la zone cérébrale qui fonde les émotions était lésée. Ils agissaient de manière plutôt irrationnelle. Alors que tout laissait supposer que, enfin débarrassés de ces *parasites*, ces individus deviendraient parfaitement raisonnables et rationnels, leur existence, leurs faits et gestes quotidiens, témoignaient du contraire.

Ici, le bon sens s'impose. S'il existe un être purement rationnel, comment peut-il faire le moindre choix ? Comment décidera-t-il s'il doit rester à la maison, bien au chaud chez lui ou affronter les rigueurs de l'hiver pour rencontrer un ami ? Rationnellement cela se vaut. Il peut, en effet, trouver des arguments pour chaque possibilité.

Qu'est-ce qui va faire pencher la balance ? Les propos du neurologue me rappellent le philosophe écossais David Hume et je ne résiste pas au plaisir de le citer : « Lorsqu'une passion ne se fonde pas sur des suppositions fausses et qu'elle ne recourt pas à des moyens inappropriés à sa fin, l'entendement ne peut ni la justifier ni la condamner. Il n'est pas contraire à la raison que je préfère la destruction du monde entier à une égratignure de mon doigt. Il n'est pas contraire à la raison que je choisisse d'être totalement ruiné pour empêcher le moindre malaise d'un *Indien* ou d'une personne qui m'est totalement inconnue[1]. »

Pour une fois qu'un philosophe vient allégrement démentir ma fâcheuse tendance à croire que la raison me guide toujours vers le bien et la passion vers le mal et l'esclavage ! La réalité quotidienne l'atteste : les salopards consommés ne sont pas forcément idiots ! À l'évidence, si nous balançons entre un égoïsme étriqué et la générosité, il n'est pas dit que la raison seule puisse nous conduire au meilleur choix.

L'Indien de Hume, les patients du neurologue, tous me poussent vers de nouveaux horizons.

---

1. D. Hume, *Traité de la nature humaine*, l. II, part. III, sect. III, Paris, Flammarion, 1991, p. 271.

53.

Devant un film sur Antonio Damasio[1], j'ai tout de suite envié ce garçon qui, suite à un accident, s'est trouvé soudain incapable d'éprouver la moindre douleur physique. Qu'on lui écrase un doigt avec un marteau, qu'on lui envoie des décharges électriques dans le corps, il ne ressent rien ou presque. Un tel individu fait forcément envie à celui qui souffre d'aimer, à celui qui connaît le chagrin ou la peur. Cependant, j'ai vite perdu mes illusions lorsque cet homme-cobaye a dit regretter sa capacité à souffrir : en effet, depuis cette *perte*, il ne peut plus éprouver sympathie ni compassion à l'égard d'autrui. Les tiraillements intérieurs seraient-ils réservés aux êtres sensibles ? Pour le meilleur et pour le pire, les passions, les émotions nous rendraient-elles proprement humains, excellemment humains ? Nous rapprocheraient-elles de l'autre ? À l'heure où j'écris ces lignes, alors que, encore trop souvent, il me faut déplorer mes quintes passionnelles et toutes sortes de tyrannies intimes, j'ai, je l'avoue, bien du mal à savourer la chance de jouir de ma sensibilité.

Pour tout dire, trop de *combats spirituels* (j'abhorre cette expression) se déchaînent en moi. Ma raison lutte sans cesse contre mon affectivité. Je dois tout de même reconnaître que, parfois, j'aime mes quintes passionnelles et qu'avec volupté je me soumets à leur esclavage. Après tout, ne viennent-elles pas pimenter une existence, cacher un vide ?

Même si ma jalousie pour les garçons *normaux* diminue par palliers, ou du moins évolue en dents de scie mais

1. A. Georget, *Sur les traces de Phineas Gage. Au cœur de la raison*, film documentaire diffusé sur La Sept / Arte en 1998.

se calme, je dois bien conclure que ma volonté et ma raison n'ont pas les pleins pouvoirs en ce domaine. Dans ce journal où j'entends et prétends enquêter sur l'utilité pratique des exercices spirituels, il convient désormais d'ouvrir un sacré chantier : l'*acrasie*, l'impuissance de la raison, la faiblesse de la volonté. J'ai beau ne plus du tout vouloir tomber dans ce travers, j'y tombe pourtant, j'y cours même. Tout se passe comme si, morcelé, mon être devenait le terrain d'une violente lutte intestine. Ainsi, ce matin, alors même que je songeais au détachement et aux pages que je rédige, ma fille a *osé* plusieurs fois me *déranger* ! Et je me suis surpris à la rabrouer, elle qui avait eu l'*impertinence* d'ouvrir la porte de ma chambre avant que je n'aie achevé ma réflexion sur la paix de mon cœur…

Encore combien de disputes, de bagarres, combien de combats, de batailles, combien de conflits vont-ils se déchaîner en moi ?

Et combien de résistances ?

La philosophie parle d'incontinence. Est *incontinent* celui qui, impuissant à se maîtriser, observe piteusement le spectacle désolé de ses affrontements intérieurs. Puisqu'il ne se contient pas, il ne peut donc rien : il reconnaît ainsi que c'est plus fort que lui.

Voilà en fait ce qui m'épuise. J'ai résisté, des années durant, à mes secrètes jalousies, mais elles subsistent et j'y succombe avec une constance et une certaine délectation qui me consternent et me découragent : ces échecs à répétition constituent une menace à prendre au sérieux. Comment sauvegarder une joie motrice quand ni les efforts ni la volonté, quand rien ne résiste à ce qui nous enchaîne et nous met à la torture ? Comment espérer trouver un peu d'unité afin de régler ces guerres civiles, ces séditions, ces rébellions, tout ce fatras intérieur ?

L'inefficacité de ma lucidité m'étonne parfois. Ne servirait-elle qu'à révéler le gouffre qui sépare affectivité et raison ?

En somme, je mets au jour un déséquilibre fondamental qui, sans une bienveillante vigilance, pourrait bien me plonger dans la haine et le mépris de moi (impuissant, je m'accuse souvent, je me blâme, je m'accable : « Je ne suis pas à la hauteur », « Je ne devrais pas tomber si bas », « Tu n'as pas su accueillir ta fille alors que tu passes tes journées à écrire des exordes sur le don de soi »…)

Et une impuissance totale : je sais que telle rencontre va me rendre malheureux, j'y cours tout de même. L'*incontinent* que je suis est résolument incapable de faire ce qu'il veut… Mais que peut-il bien espérer s'il ne croit ni au volontarisme ni au rationalisme ? Prudence, prudence… Douter de la puissance de ma volonté et de ma raison, ce n'est certes pas les *bazarder*, c'est simplement accepter que, malgré leur force, elles ne puissent pas tout.

Pourtant, pas plus tard que ce matin, j'ai lu que le novice qui frappe à la porte d'un monastère zen se fait mille fois rabrouer, mille fois refuser, et qu'il lui faut réunir une persévérance et une détermination extrêmes pour finalement y accéder. Le maître Soko Morinaga raconte :

« Hakuin Zenji, un des plus grands maîtres du zen Rinzai, affirmait que pour mener réellement une pratique ou n'importe quel effort, trois éléments étaient essentiels : une foi bien enracinée, un grand doute et une puissante détermination. Foi, c'est la foi en son maître et en la vérité qu'il représente. Au demeurant, c'est la foi dans la puissance illimitée de la nature de Bouddha qui loge au cœur de chacun d'entre nous. *Le doute* peut sembler très précisément à l'opposé de la foi, mais il faut le comprendre comme la conscience permanente de sa propre immaturité et de la présence résiduelle en soi du problème non résolu […]. Il faut alors agir avec grande détermination, c'est-à-dire coller à la pratique avec un véritable courage[1]. »

Vraiment, il ne s'agit pas de bazarder toute volonté. Dans les récits des moines zen, je vois des adeptes grincer des dents, persévérer, attendre dans la neige avec patience et conviction, mettre toute leur force pour cheminer vers le satori. Bref, une grande fermeté, de la persévérance sans aucune crispation, voilà ce que je retire de mes lectures. Saurai-je les imiter ?

Je me méfie des pénibles injonctions : « À force de volonté, on peut tout », « Raisonne-toi ! » Semblables propos n'apportent que culpabilité, embarras et désolation. Oui, j'ai ri trop vite lorsque j'imaginais saint Augustin crier en tremblant : « J'avais dit : "Donnez-moi la chasteté et la continence, mais ne me les donnez pas à l'instant." Je craignais d'être exaucé trop vite, d'être trop vite guéri de la maladie de la concupiscence, que j'aimais mieux assouvir que supprimer[2]. » C'est donc qu'il souhaitait encore profiter, le garnement ! Tout cela illustre à merveille la division de l'être. Il désire la chasteté, mais pas tout à fait. Une partie de lui résiste, n'y croit pas, n'en veut pas, s'oppose… mais finit par succomber.

La passion révèle mes impuissances, mon incapacité à changer. Et que dire de sa rémanence, de sa force d'inertie : « Je continue à haïr mon ennemi alors même que j'ai appris son innocence. » Comment un individu, morcelé, divisé, en lutte, pourrait-il goûter le contentement ?

---

1. S. Morinaga, *La Leçon du Zen. Face à mon incommensurable stupidité*, Paris, Le Courrier du Livre, 2004, p. 75-76.

2. Saint Augustin, *Les Confessions*, chap. VII, *op. cit.*, p. 166.

L'incontinent trouve en lui ses propres obstacles, ses barrières sont *intra mentem*, en lui-même. Il se souhaite exempt de colère et de jalousie, pourtant il y succombe quotidiennement.

Au fond, c'est l'impuissance qui m'inspire ces lignes, c'est elle qui appelle de tous ses vœux la paix.

54.

File docilement patiente devant la caisse d'un fast-food. J'attends. Depuis que j'ai formé le dessein de cette enquête, non sans malice, j'observe autour de moi. Je ne suis pas le seul à *subir* des quintes passionnelles.

En cette période de début d'année, le quotidien offre l'étrange vision d'individus affairés qui, tour à tour, m'agacent et m'attendrissent. L'autre jour, aux soldes, deux consommatrices surexcitées convoitant le même grille-pain en sont presque venues aux mains. Un peu plus tard, spectacle déconcertant de jeunes gens qui se revigoraient avec une boisson énergisante. J'ai ensuite observé tout spécialement un garçon qui épiait une fille, jolie d'ailleurs. Les yeux s'attardent sur certaines zones bien précises… Je me dis que je n'appartiens pas à ce monde, qui me laisse pourtant nostalgique : « Si j'avais été beau, seulement un peu plus *normal*, je les aurais toutes conquises. »

J'ai presque du mépris pour ces adolescents. Ces insouciants sont-ils en mesure de se poser la moindre des mille et une questions qui m'assaillent en ce moment ? Vont-ils seulement traverser les épreuves qui sont aujourd'hui *un peu* derrière moi ? En les guettant ainsi, eux qui *se contentent* d'être, j'ai l'impression d'une trop grande facilité de vivre, d'une inconscience certaine. Voilà qui redouble ma jalousie, attise mes envies. Si j'étais réellement moi-même, je ne ressentirais sans doute plus ce besoin impérieux de me comparer, de prouver, de revendiquer, d'affirmer et de dévaluer les autres. Pourquoi ne pas adhérer à cette foule, plutôt que de la juger bêtement comme je le fais ?

Tiens, voilà qu'un client s'offusque parce qu'il a reçu la sauce curry alors qu'il avait commandé une sauce piquante. Il s'époumone, aboie, le ridicule. Je le suis du regard. Après son coup de sang, piteux, il s'en va…

Décidément, la contradiction ne tue pas… J'en suis un lumineux exemple.

Lorsque je considère la passion (et le regret qu'elle suscite après coup), je vois bien nos communes impuissances. Le colérique qui claque les portes et vocifère des injures en grinçant des dents a beau savoir que hurler, gesticuler, signifier haut et clair son courroux se révèle, dans bien des cas, contre-productif – « la colère blesse, donc je ne dois pas y succomber » –, la connaissance de ce « donc » inéluctable ne le retient nullement. Tout à ma rêverie, je sais, moi aussi, que mes ruminations ne mènent à rien, pourtant je m'y adonne, non sans une étrange délectation. Érasme, dans son *Éloge de la folie*, a clairement perçu que les passions animent tout le corps et que le combat reste inégal. Très isolée, la raison peut bien *galérer*, la chétive, dans ses pénates, fort à l'étroit dans ce tout petit crâne… elle part perdante.

Mais que pèsent mes arguments rationnels ? Cesse donc enfin ton satané commentaire intérieur ! En *zazen*, bien assis sur ce tabouret de bar, au milieu du fast-food, je laisse passer, sans les retenir, mes vagues rêveries qui m'exilent du monde.

55.

Je prends la main de mon fils, je prends la main de ma fille, je prends le temps, je prends un verre. Je prends, je prends, je prends. Un regard de travers, un léger reproche, un petit imprévu et voilà que je le prends mal. Toujours je prends, une douche, un taxi, un métro. Bien pire : souvent, je me prends pour quelqu'un.

Un mot s'imposerait pourtant : recevoir. Le voici, mon nouvel exercice spirituel : en toute simplicité, ouvrir les yeux, reconnaître à chaque instant les dons reçus. Aujourd'hui, qu'ai-je reçu ? En *zazen*, j'essaie de ne pas résister, j'accueille tout ce qui vient, sans prise ni rejet.

Je vois bien que je ne sais pas encore recevoir *à fond*.

Une attente, un tracas, un fantasme, un souhait passent et je contemple la vague éphémère qui me *prend* presque entièrement. Oserai-je convertir tout l'être à l'accueil ? En de brefs instants, je parviens à vivre sans prise et sans rejet. Cinq minutes plus tard, tout est à recommencer : une bagatelle m'a arraché au trésor du moment.

Tout en rédigeant ces lignes, je mesure le paradoxe : je veux changer, progresser, d'où mon enquête. Or, dans le même temps (la joie me le commande impérativement), je souhaite avant tout m'accepter tel que je suis, accéder à mes passions, assumer mes blessures et ma fragilité.

Ce grand écart finit donc par faire mal, non aux cuisses, mais à l'âme.

Comment (à distance égale du fatalisme et de cette espèce d'idéalisme qui dévalorise le réel et me fait désirer sans cesse l'impossible), comment me *déconstruire* ? Suffit-il d'afficher mon mépris devant les « Je suis comme je suis » qui trop souvent témoignent de ma suffisance, d'une fatuité imbécile ? Quel gouffre entre ce que je voudrais, ce que je pourrais être, et ce que je suis ! Devant mon impuissance, face à mon incapacité à tordre le cou à ces contradictions qui ne tiennent pas la route, je suis tenté de me haïr.

Longtemps, j'ai chéri mon esclavage, adorant mes vagues à l'âme, si bien que lorsque l'angoisse ou l'ambition se sont peu à peu estompées, j'ai ressenti comme une sorte de vide. Étrange et creuse habitude ! En somme, le passionné a peut-être besoin de se *sentir* remué, bouleversé, pour se sentir vivre. Je constate qu'une fois mon obsession pour la *normalité* un peu diminuée, je me heurte à un abîme, un vide sans fond qui me met presque au désespoir. Je voudrais traverser ce vide. Et déjà cesser de bêtement le meubler.

Pour l'heure, je connais une expérience banale que saint Paul résume d'une phrase : « Ce que je veux, je ne le fais pas ; mais ce que je hais, je le fais[1]. »

56.

Dès l'aube, je me suis promis de faire de chaque rencontre un exercice spirituel et de considérer tout individu que je côtoierai comme un maître en détachement. Cette détermination m'a aidé à essuyer la mauvaise humeur d'une vendeuse, l'étourderie d'un passant et la hauteur d'un fonctionnaire. La matinée s'est écoulée et j'ai persévéré dans la pratique, sourire aux lèvres en dépit de tout ou presque. Ma contenance a toutefois fini par voler en éclats quand je me suis aperçu que j'avais perdu mes

1. *La Bible. Traduction œcuménique*, saint Paul, « Épître aux Romains », 7, 15-21, Paris, Éditions du Cerf, 2004, p. 2736.

cartes de crédit et mes papiers d'identité. Je me suis alors rendu à ma banque pour demander quelque argent, histoire de me dépanner, pour me heurter à un mur total : « Non, ce n'est pas possible. Sans carte d'identité, aucun prélèvement. » Un peu par dépit, beaucoup par colère, je me suis assis devant le bâtiment pour fouiller mon sac, recouvrer mes esprits et, pour tout dire, protester. Des jeunes gens ont passé, ont même proposé de me donner de l'argent. L'un d'entre eux m'a bientôt pris sous le bras pour me conseiller d'attendre, car il avait appelé la police pour s'assurer que tout allait bien. Soudain, deux agents sont apparus et, lorsque j'ai voulu m'expliquer, ils m'ont enjoint de patienter, tandis qu'ils vérifiaient si je n'avais rien commis de mal. Est-ce le refus de l'autorité, la peur, la colère ? J'ai fini par hausser la voix, criant à l'injustice, pour prier les deux policiers de me donner leur nom, leur faisant pressentir qu'ils risquaient de pénibles représailles. Je m'étais résolu de faire de chaque rencontre, aussi déplaisante soit-elle, un terrain de libération. Et voilà que des mines sévères sous deux képis me mettent hors de moi, et je dis adieu à mes maîtres en détachement.

Je rêve d'une justice, d'une juste proportion, d'un équilibre entre les forces en présence – d'une paix en un mot. Ainsi, l'indignation naturelle que j'ai éprouvée devant les deux gendarmes, mon malaise, le souvenir de tant d'humiliations et une irritation instinctive face au moindre signe d'abus de pouvoir, ce flou émotionnel, pourraient être mieux intégrés.

Mais auparavant, peut-être devrais-je trouver quelques palliatifs ? S'il fallait atteindre l'équilibre, la sérénité pour cesser d'être l'esclave de mes tristes passions, l'attente risquerait d'être longue. Que faire maintenant ? Comment ne pas réagir à la colère, à la fascination et à la tristesse trop vite ? Comment vivre au mieux mon impuissance ? Que faire lorsqu'un penchant, une inclination nous entraînent droit dans le mur ? Où trouver la paix qui permette que faiblesses, blessures, fantasmes cohabitent sans venir tyranniser l'ensemble, le tout de la personne ?

Concrètement, je suis incité à donner à chaque chose sa juste place, même à la plus vile, à mes envies les plus folles, à mes craintes déraisonnées, et à mes risibles ambitions. Un jour, sur la porte d'un lieu d'aisance, j'ai lu une histoire instructive.

> Il y a fort longtemps, en des jours troublés, toutes les parties du corps humain se disputaient l'hégémonie. Chaque membre voulait gouverner. Les combats firent rage. Tour à tour, les candidats s'avancèrent pour prétendre au titre royal. Pas un organe qui ne se jugeât digne du premier rang. La tête proclama que, sans elle, le tout partirait en vrille, que l'anarchie aurait cours et que, décapité, le corps ne survivrait guère. Il y eut bien des adversaires de taille, les pieds par exemple, grâce à qui l'on voyage, mais à peu près tous semblèrent d'accord pour l'élire. Une voix timide, discrète, sourde pour tout dire, se fit soudain entendre : « C'est moi le chef. » Ainsi commença l'anus. Inutile de s'attarder sur les railleries qui succédèrent aux propos de l'orgueilleux orifice. Froissé, le malheureux postulant décida de se mettre en grève. Les jours passant, il se bloqua même, progressivement mais sûrement. Alors la tête s'embruma à tel point qu'elle ne pouvait plus tenir les rênes. Elle divaguait à tout-va. L'estomac faisait lui aussi les frais de ce chômage. Bref, hallucinations, aigreurs, nausées… contraignirent l'assemblée unanime à nommer Sire Sphincter maître du corps.

La morale facile, vulgairement malicieuse, de l'histoire ? La voici : tous les chefs ne seraient que des… et me voici ramené sur le terrain de la justice intérieure !

Pour ma part, je peine à ne pas regarder de haut certaines parties de moi et sombrer dans le mépris, la peur. L'affectivité, les sentiments, les passions peuvent donner lieu, je l'espère, à une harmonie des forces. En gros, pour Platon, la justice c'est chaque chose à sa place. Et ainsi en va-t-il sans doute de l'âme et du corps ou, pour le dire avec moins de présupposés, de toute notre personne.

L'idée de *justice intérieure* m'invite à ne pas férocement réprimer ma sensualité, à ne pas tuer toute fougue qui surgit des profondeurs. Faut-il dès lors atteindre l'équilibre ? Plutôt que de l'atteindre, je souhaite seulement progresser dans l'équilibre, à chaque instant. Car je ne puis m'installer définitivement dans une posture. La vie est mouvement, et l'équilibre s'acquiert, se découvre et se réinvente constamment au cœur du quotidien. Parfois, trop de vertu, trop de prudence rendent frileux. Parfois, la raison elle-même invite à l'excès. Alors, il est bon de rétablir une juste proportion. Ici, nulle recette, nul mode d'emploi, simplement des êtres en route, des disciples de la joie qui s'essaient à s'ajuster aux circonstances.

La justice vécue, profondément vécue, ne rejette rien trop vite. Fantasmes, vie, rêves, pulsions, tel est bien le matériau d'où naît et où s'exerce notre liberté. Alain, commentant Platon, dit : « Reconnaître, recevoir en soi cela même, cet animal broutant, et lui permettre d'être, au lieu de le réduire autant qu'on peut selon cet ascétisme que l'on nomme tempérance, n'est-ce pas justice à l'égard d'une partie de soi ? De même que le sage monarque, qui gouverne sur des artisans, s'il les méprisait il ne serait pas juste, puisque lui-même il vit d'eux[1]. »

Or, plus d'une fois, j'ai voulu terrasser cet *animal qui broute* aux tréfonds de mon être. Faut-il pour autant faire de la raison un despote qui régente le corps, nie ses envies et rejette ses contradictions ?

Être juste, n'est-ce pas oser accorder à chaque parcelle de l'individualité sa juste place, toute sa place ? Ainsi, cette fascination mêlée de jalousie que je subis devant quelques garçons normaux n'est pas à fuir ni à blâmer, mais simplement à envisager comme l'expression naturelle de quelqu'un qui en a *bavé*, qui maintes fois s'est senti mis à l'écart et qui serait volontiers passé à côté de cette *tare sociale* que représente, pour certains *demeurés*, le handicap. Lorsque Platon parle de justice, au fond, il m'aide à ne rien rejeter de moi. Il me somme d'orchestrer toutes mes voix discordantes qui gueulent souvent sans s'écouter. Pour moi qui n'ai pas trop de vices *apparents*, son idéal vient régénérer mon enthousiasme et ma détermination.

57.

Me voici à nouveau devant Georges, lumineux et très en verve. Je lui soumets la question du jour : Est-il bon de tout accepter ? Et nous devisons.

La question me tarabuste depuis longtemps. Très jeune, trop jeune, on m'a si souvent dit, comme une rengaine : « Il faut accepter le handicap. » C'est la joie qui, aujourd'hui, m'invite à revisiter cet état d'esprit, cette

1. Alain, *Platon*, *op. cit.*, p. 139-140.

non-résistance intérieure. Souvent galvaudée, l'acceptation vire au fatalisme niais, à une résignation malsaine, car triste. Pour ma part, je la souhaite joyeuse, délicate, légère, adaptée justement aux ressources du jour. Abusivement, on l'apparente à une arme, une protection, un bouclier. En somme, tout se passe comme s'il s'agissait de se blinder alors que la vie, la joie appellent une ouverture.

Tant d'obstacles me retiennent dans le saut, cet abandon qu'est l'acceptation. Qui dit acceptation pense trop souvent aux grincements de dents et aux poings serrés dans les poches, à la lutte. Rire de soi me paraît plus utile, davantage bienfaisant. Assis devant Georges, je ris alors de ma volonté de tout expliquer, de mettre la réalité en boîte pour, bien rassuré, tenter de la maîtriser.

L'acceptation requiert un juste équilibre qui se découvre au fil des jours. Pour l'instant, j'accepte qu'il n'y ait pas de solution et peut-être bien qu'il n'y ait pas de problème. Bancal, brinquebalant, je me hâte dans ma quête sans profiter de ce que m'offre le périple. Devant le facétieux vieillard, je laisse là toutes les tensions, je ne résiste plus, je savoure l'instant.

Ce soir, chez R, nous bavardons allégrement sur le bon vieux Georges. Notre conversation sur l'acceptation résonne à mes oreilles. Une folle lubie me prend, je me rends à la salle de bains, quitte tous mes vêtements et réapparais nu comme un ver. Rires et petite gêne m'accueillent. C'est extraordinaire comme j'attends du dehors l'acceptation de mon corps, comme si je pouvais importer un regard bienveillant et aimant que je n'ai pas encore.

Au fond, ce coup de folie, le fait de se *foutre à poil*, cela n'était qu'une sorte de cri : « Aimez-moi comme je suis ! »

58.

Ce matin, comme je devais acheter une nouvelle paire de chaussures, une jeune vendeuse, jolie, m'a aidé à enfiler mes futures baskets. Debout, je l'observais à mes genoux et, en mon esprit timide, les pensées s'enchaînaient : « Elle doit être gênée, embarrassée », « Elle doit se dire : de si beaux souliers pour un handicapé ! » Bref, pris dans mon drôle de baratin mental, je me crispais et attendais impatiemment l'instant de la délivrance. Mais au moment de payer, la jeune fille me tend un petit papier et me demande si je peux lui faire un autographe, car elle a lu tous mes livres. Je suis sorti du magasin hilare. Je puise dans cet épisode quelques ressources afin de cheminer vers un peu de justice intérieure.

Quel piètre observateur je suis, et comme mes pensées me coupent du réel et m'isolent du tout de l'être, du tout que je suis ! Oui, je suis un tout et la tyrannie survient lorsqu'une seule partie prétend régner en maître. Mieux vivre les conflits sans vouloir maîtriser toutes les forces qui opèrent en moi, voici la tâche du jour… ou des prochains jours !

Aujourd'hui, un mot de Nietzsche me convoque à une attitude beaucoup plus vaste, m'invite au dépassement de soi : « La bonne victoire doit réjouir le vaincu, et avoir quelque chose de divin qui épargne l'*humiliation*[1]. »

Donc, essayer d'avancer vers un peu d'unité, mais sans vouloir devenir lisse, sans désirer tout niveler. Accepter certaines contradictions.

---

1. F. Nietzsche, *Humain, trop humain*, par. 344, « Le voyageur et son ombre », *in* F. Nietzsche, *Œuvres*, *op. cit.*, p. 952.

Sommé de ne pas me focaliser sur mes démons pour les assassiner impitoyablement, j'ai à cœur de viser un équilibre des forces. Les paroles de Nietzsche tranchent avec les injonctions qui ponctuent mes journées : « Je dois corriger cela ! », « Je dois amender ce petit travers-ci ! », « Je dois prendre cette disposition pour contrer mes mauvaises habitudes ! », « Je ne dois surtout pas élever la voix contre des gendarmes. »

59.

Aujourd'hui, je n'ai pas eu l'heur de rencontrer une vendeuse charmante. Pas de chance ! Encore que la chance soit un état d'esprit ! Au contraire, alors que je vais chez Georges, dans le bus, deux jeunes filles se sont à nouveau esclaffées et ont ouvertement ri de moi. J'ai dû réprimer ma rage, une puissante envie de tout foutre en l'air. Qu'est-ce qui m'a retenu de déverser un flot d'injures ? Et qu'aurais-je fait si à mon doigt brillait l'anneau de Gygès ou si, déjà, j'avais un peu moins de garde-fous moraux ?

Assurément, je prends mal ces moqueries. Bien que je m'efforce de sourire pour conjurer le mauvais sort qui s'est abattu sur mon être risible, j'ai senti bouillonner en moi une fureur que je peine à contenir. Quelle place donner à tout cela ? Que signifie ma hargne passagère ? Faut-il la laisser passer sans la nier ni en devenir l'esclave ?

Quand j'ai sonné chez Georges, j'ai entendu le cri de l'écrivain-poète : « Entrez ! » Retrouvant mon calme, j'ai écouté le sage parler des Évangiles, de littérature, de philosophie et des mille autres « bagatelles » qui font les joies et les chagrins d'une existence. Je lui ai confessé pour ma part ma peine à travailler, lui ai dit comme l'écriture me pèse, que je cherche le sublime, la belle phrase, tant je redoute encore le jugement du lecteur. Puis, nous en sommes venus à la poésie, qu'il me conseille de lire. Lorsque je lui ai confié que je la croyais réservée à une élite, ses poings se sont serrés et il s'est écrié : « Vous êtes le roi des cons ! » Forcé de rire, je me suis désolidarisé du ridicule préjugé tout juste énoncé. Il n'était déjà plus le mien et le titre de « Roi des cons » (est-ce l'effet du *zazen* ?) concernait un homme que je n'étais déjà plus. Les coups de gueule et l'ire bienveillante de Georges me réconcilient avec la vie et me contraignent à l'adhésion.

« Vous êtes le roi des cons ! »

Dans mes livres de zen, je suis tombé sur une métaphore qui évoque assez bien la justice intérieure. L'ego est comparé à un chariot qui se décompose en bâtons, planches, crochets, clous et barres de fer. C'est un ensemble disparate que l'esprit fige sous l'étiquette : « chariot ». Il dépend aussi de ce que l'on pourrait appeler *non-chariot*. Pour qu'il existe, il faut des artisans, des bûcherons, des forêts, de la terre, de l'eau, de l'oxygène, de l'univers. Ainsi en va-t-il de l'ego, composé complexe de cinq agrégats, comme on dit *là-bas* : les formes, les sensations, les représentations mentales, perceptions ou notions, les facteurs de compositions ou formations karmiques, les consciences. Tout cela signifie que l'être humain, qu'à tort nous percevons comme un moi, est littéralement un *tas*, une *pile*, un groupe, un *assemblage*, impermanent. Éclairante métaphore qui rappelle l'interdépendance de toute chose et la complexité d'un individu. Et surtout, occasion renouvelée de perdre la prétention qui me laisse croire en mon autosuffisance.

Qui peut être ce « roi des cons » ? C'est celui qui nie et refoule trop facilement ce qui le constitue. Dans le bus, tout à l'heure, c'était ce roi qui a pressenti une violence animale en lui. Comme elle était mal assumée, il a parié qu'elle se retournerait contre lui. Sous l'apparence d'un fragile contrôle de soi, derrière une paix de façade se cachait une colère noire d'une violence insoupçonnée.

À y regarder d'un peu plus près, les bons sentiments, la surface bien policée dissimulent toute une foule de passions tristes, une horde de brutalités.

Il y a peu, ma fille m'a agacé et je me suis surpris à lui dire : « Tu sais, une gentille fille n'aurait pas fait ce que tu as fait ! » Sur le moment, je me suis presque félicité de mon impassibilité. Néanmoins, lorsque j'y songe, j'y décèle, sous couvert de bonté, de patience et de calme, une brutalité déguisée, une très subtile et venimeuse contorsion. Alors que je croyais à une véritable maîtrise, la part cruelle œuvrait, sévissait pernicieusement. Battre ou gifler un enfant tient de la maltraitance qu'il convient de bannir sans réserve. Toutefois, mon attitude visait aussi à dénigrer ma fille, à lui faire payer le prix de sa *faute*. Je lui reprochais d'être ce qu'elle était en lui dessinant un idéal devant lequel elle devait rougir de honte.

Le problème de la maîtrise des pulsions n'est pas aisé à résoudre. Comment accueillir avec chaleur la foule contradictoire des sentiments qui peuvent animer un cœur ? Combien de fois, intransigeant, je pointe du doigt ce qui me déplaît ? Tout se passe comme s'il y avait un ennemi intérieur à terrasser. Mais bientôt, c'est tout mon être que je finis par haïr.

Entre répression totale et défoulement bestial, il existe évidemment une voie médiane à emprunter, précisément celle de la justice intérieure. Par moment, j'aurais la fâcheuse tendance à débrider trop vite la bête, pour suivre, tête baissée, tous les désirs qui m'appellent. Au chevet de mon poète, je repense à deux phrases de Freud lues jadis : « Le conseil de vivre jusqu'au bout sa vie sexuelle n'a rien à voir avec la thérapeutique psychanalytique, ne serait-ce que pour la raison qu'il existe chez le malade, ainsi que je vous l'ai annoncé moi-même, un conflit opiniâtre entre la tendance libidineuse et le refoulement sexuel, entre son côté sensuel et son côté ascétique. Ce n'est pas résoudre ce conflit que d'aider l'un des adversaires à vaincre l'autre[1]. » Ce qui est dit sur la vie sexuelle peut aisément s'étendre aux autres forces qui nous animent.

Les reconnaître, ce n'est certes pas passer à l'acte. Il existe, sans doute, d'autres manières d'assumer la pulsion que de tenter, vainement, de l'assouvir en attendant que cinq minutes plus tard en apparaisse une nouvelle. Ma colère dans le bus me confirme la présence d'un combat qui doit se vivre en société et sans l'anneau de Gygès. Je ne peux pas faire tout ce qui me chante, mais pourquoi voir les conflits intérieurs qui en découlent sous un mauvais œil ? Je sais que de tels déchirements peuvent même devenir un lieu de conversion. Pour donner une juste place à mes passions, il faut d'abord les considérer toutes sans attache ni rejet.

En quittant Georges, je mesure le gouffre qui sépare *être* bon, gentil et généreux et *faire* le gentil. Arriverai-je

1. S. Freud, *Introduction à la psychanalyse*, Paris, Payot & Rivages, 2001, p. 527.

désormais à faire vivre mes colères sans condamner les regards moqueurs ? Surtout, je ne veux pas non plus négliger l'être blessé en moi, qui trop souvent reçoit des coups alors qu'il souhaite une consolation.

60.

21 h 30. Freud m'a trotté dans la tête toute la journée. Je m'apprête à faire *zazen*. Comment éviter une farouche répression sans céder à ses pulsions, sans toujours passer à l'acte ? Ce soir, j'ai découvert la joie de résister. J'ai fait un tour à pied sans mon portable, renonçant à attendre les textos de Z. J'ai savouré un peu de liberté.

J'aime faire l'éloge d'une philosophie des petits pas. C'est pourquoi, en quittant mon médecin, je lui demande souvent : « Qu'est-ce que je peux faire aujourd'hui pour aller *un peu* mieux ? » Si minime soit-elle, une part de progrès est toujours possible. Quel acte puis-je poser ici et maintenant pour tenir l'équilibre ?

Un pas après l'autre, loin du déni de soi et du laisser-aller, j'apprivoise la bête. Demain, je lui laisserai du champ. Aujourd'hui, je l'ai juste contenue. Nulle posture définitive, nulle recette n'est à disposition du progressant. Où qu'il aille, ses tiraillements et ses obstacles le suivent. La *lutte* contre ces travers constitue véritablement un des grands chantiers d'une existence. L'erreur serait de prétendre les vaincre, grossièrement, à la hâte. Donc :

Premier point : voir.

Deuxième point : persévérer.

61.

Ce soir, je pense à l'intuition plotinienne : « Les âmes, contemplant ainsi divers objets, sont et deviennent ce qu'elles contemplent[1]. » Quelques confessions recueillies aujourd'hui me pèsent sur le cœur. Un passant m'a abordé pour évoquer son fils dépressif, puis une dame, qui m'a d'ailleurs invité à boire un verre, a parlé d'un cancer du poumon. Enfin, une personne handicapée s'est plainte de ne percevoir qu'un salaire de misère.

En ce moment, je *prends* ou plutôt je *ramasse* vraiment plus que je ne reçois.

Incapable de me soustraire à de telles confidences, mû par un sentiment d'obligation, de culpabilité parfois aussi, j'écoute tout ce que l'on me dit. En ce jour, mon âme a donc *contemplé* mille et un maux qui m'encombrent à l'heure où je m'apprête à me coucher. Par devoir, plus que par amour, je prête l'oreille, sans vraiment entendre. Les récits de ce jour, les veuves, les cancéreux, les infirmes, reviennent avec force et m'interdisent toute innocence. Comment accueillir, sans me perdre, ce flot de *complaintes* légitimes, mais si lourdes à porter pour un seul homme ? Démuni, je soupçonne parfois qu'il est vital de pouvoir pour un temps détourner mon regard de cette *misère* qui m'agresse. Afin de ne jamais me laisser attirer hors du centre de ma vie, qui reste la joie, il faudrait pour assumer pareilles rencontres me nourrir d'amitié, d'amour, de légèreté et aussi pourquoi pas, osons le mot, de franche *déconnade*. Hier, pour un moment, j'ai goûté l'insouciance. Sur une route de Lausanne, tandis que mon ami R conduisait sa nouvelle bagnole, j'ai pris le volant pour zigzaguer

1. Plotin, *Ennéades*, IV, 3 [8], Paris, Hachette, 1857.

quelque peu. Nous avons ri, nonchalants et libres. Instant d'intense allégresse, où je m'oublie pour savourer la vie dans sa crudité, dans sa beauté vierge et nue.

Nous ne sortons pas indemnes d'une authentique rencontre. Pour ne pas me laisser aigrir, pour ne pas, sous couvert de protection, me couper du monde, j'ai besoin de m'épanouir dans mes amitiés. Pour ma part, j'ai du mal à épancher mon cœur. Dans ce journal, je tente de me vider, de me détourner un peu de moi (dans les combats intérieurs, une posture narcissique risque toujours de s'installer)…

Pour le moment, trente minutes de méditation, histoire de se vider carrément !

62.

Ce matin, dans mon bain, j'ai écouté un extrait d'un livre sur le zen. Tout paraît si simple. Maître Soko Morinaga donne un précieux conseil à une pratiquante qui, devant une maladie grave, craint la mort : « Quand vous avez fini de préparer la cuisine, mourez. Naissez à nouveau autour de la table pendant le moment du repas et quand vous avez terminé, mourez. Naissez dans le jardin, soyez le balai qui balaie. Quand le soir vous vous couchez, mourez là aussi, et quand le matin se lève et que vous sortez du lit, naissez à nouveau. Si vous êtes atteint de cancer, naissez avec le cancer. C'est le maintenant – *et seulement ce maintenant* – qui naît dans l'instant. C'est le maintenant – *et seulement ce maintenant* – qui meurt à nouveau. Telle est la pratique zen[1]. »

1. S. Morinaga, *La Leçon du Zen. Face à mon incommensurable stupidité*, *op. cit.*, p. 150.

Ainsi, j'ai essayé de mourir dans la baignoire pour revivre en mettant mon pied mouillé sur le carrelage. Je suis mort en me brossant les dents et je suis né à nouveau en m'habillant. C'est décidé : dorénavant, lorsque je franchirai une porte, je pratiquerai cet exercice. Et ce sera un homme nouveau qui pénétrera dans chaque pièce.

Pour l'heure, le mort s'est vite réanimé lorsqu'il a consulté ses mails. Ma mésaventure avec la police a fait du bruit. Ils veulent me voir. Et voilà que je m'énerve encore, que je prépare mon argumentation, que je m'agite. Non, le garçon écorché vif de l'autre jour n'est décidément pas mort. Coriace, il résiste…

Dans cette histoire, la résistance de la passion à la raison me laisse désarmé, presque irrémédiablement désarçonné. Je sais pertinemment que toutes mes agitations ne servent à rien. Elles sont même carrément contre-productives. Pourtant, rien n'y fait. La rage demeure…

Serait-ce le propre de ce qui est plus fort que nous ? L'amoureux qui sait que l'objet aimé ne le désire pas continue néanmoins d'être fasciné. Et le cœur rempli de haine conserve sa rancœur alors même qu'il a appris l'innocence de son ennemi. Chaque nuit, le mari jaloux ronge son frein, quand bien même son épouse est à ses côtés, fidèle.

Banalement, la rémanence des passions sévit. Sa force fait plier le plus courageux. Souvent, je crois avoir pansé une blessure, tourné la page, mais les vieilles habitudes, les plis, reviennent, vite. J'ai déjà évoqué en ces lignes l'art de l'esquive. Je pense vraiment que la vie a ses étapes. Il ne sert à rien d'exiger trop de soi. À certains moments, devant l'impuissance, savoir pratiquer l'art du détour, est vital. Sans fuir, je peux, pour un temps, me détourner du problème pour y revenir plus tard, ragaillardi. Voilà pourquoi ce matin, je préfère un petit tour à pied et laisse de côté ce courrier qui ravive une indignation pas tout à fait éteinte, ma foi.

Capitulation provisoire égale circonspection.

Rien ne contrarie davantage celle-ci que la violence, le vice ou la cruauté. Pourquoi la confondre avec une banale soumission aussi folle que dévastatrice, laquelle donnerait libre cours aux plus bas instincts ? Au contraire, la circonspection exige de rendre ses pleins droits à la vie, de lui faire confiance, de la respecter.

Quand je repense à mes gendarmes, je constate que je n'ai pas été assez attentif à la réalité. Justement, dans ma passion, je me suis oublié et je les ai oubliés. Je pressens qu'une voie médiane demeure possible : ne pas tout réprimer sans suivre servilement les émotions qui m'agitent, voilà le défi. Surtout, me demander ce que je désire au fond. Avant tout, je voulais que l'on me respecte, et qu'on respecte chaque personne, fût-elle infirme, toxicomane, ou les deux à la fois. Mais pourquoi ne l'ai-je pas dit calmement, posément ? Finalement, je n'ai pas accueilli ce désir pour en faire quelque chose de bon, de fécond. En écrivant ces lignes, je songe à Nietzsche : « Tout refus et toute négation témoignent d'un manque de fécondité : au fond, si nous étions un bon champ de labour, nous ne devrions rien laisser périr sans l'utiliser et nous verrions en toute chose, dans les événements et dans les hommes, de l'utile fumier, de la pluie et du soleil[1]. »

La bonne terre, vivante, se renouvelle sans cesse. Pour donner du fruit, nul doute que, moi aussi, je dois me régénérer et trouver des lieux où me recréer. Voilà pourquoi

1. F. Nietzsche, *Humain, trop humain*, « Opinions et sentences mêlées », par. 332, *in* F. Nietzsche, *Œuvres*, *op. cit.*, p. 811.

avant de répondre à la police, je souhaite un peu me divertir, rencontrer des amis, rire un bon coup pour revenir plus léger à mon affaire et en faire quelque chose de beau. Dès lors que le réel me nourrit, que je goûte une subtile allégresse, je puis me détacher et traverser, allégé, les conflits. Aucun renoncement ne conduit à la joie : c'est la joie qui conduit au renoncement. La bonne terre ne nie pas l'impuissance, elle ne banalise pas la faiblesse, elle les reçoit pour en faire un terreau fertile.

En quittant mon appartement, je veux mourir à cet homme agité, en colère, obsédé par la *normalité*. Mourir à tout cela, ce n'est certes pas nier mais déposer pour un temps ce fardeau, le rendre à la vie. Je ne suis pas assez sot pour refuser tout le capharnaüm qui réside en moi et je me souviens avec jubilation de cette autre parole de Nietzsche : « Il faut porter encore en soi un chaos, pour pouvoir mettre au monde une étoile dansante[1]. »

63.

L'étoile de Nietzsche n'a pas fini de briller dans ma tête. Je crois que j'ai besoin du zen pour revenir au présent, me détacher de moi, trouver la joie et goûter, enfin, un peu de repos. Déjà, je m'apaise à l'idée qu'il existe une *méthode*.

Pourtant, jusqu'à maintenant, mes résolutions peinent à s'enraciner dans mon quotidien. Hier, je décidais de mourir à moi-même à chaque fois que je franchirais le seuil d'une porte… Il y a peu, je m'étais résolu à pratiquer la *non-dualité*… Au fond, je ne parviens que difficilement à persévérer, j'oublie et me détourne des exercices. Un

1. F. Nietzsche, *ibid.*, *Ainsi parlait Zarathoustra*, par. 5, p. 295.

garçon bien bâti, un policier, la routine, tout semble concourir à fléchir ma détermination. J'envie ces moines qui quittent tout pour entrer au monastère et laissent tout lien, tout attachement derrière eux. Comment, dans le quotidien, sans forcer, avec douceur, tenter plus de constance, oser ce paradoxe : persévérer dans l'abandon ?

À ce propos, j'ai récemment entendu cette petite histoire. Deux disciples interrogent tour à tour leur maître. Le premier lui demande : « Quand serai-je libéré ? » Le gourou, pointant de son doigt un figuier, dit : « Tu vois le nombre de feuilles sur cet arbre ? Il te faudra autant d'années pour te libérer ! » Dépité, l'adepte part, l'âme en peine. Vient le deuxième garçon qui s'enquiert : « Serai-je un jour libre ? » Et le saint homme de répondre : « Oui ! » De belle humeur, l'élève s'éloigne, d'un pas gai et déterminé. Ultimement, le temps que cela prendra compte peu ; la libération est possible, donc patience et détermination.

Peu importent les blessures, les faux pas, le chaos. Tant pis si je ne suis pas à la hauteur de mes rêves, pourvu que je garde le cap, dans la joie.

Souvent, j'en ai marre de mes quintes passionnelles et j'aimerais bien passer la quatrième vitesse, accélérer, aller droit au but et accéder, enfin, à l'abandon. Qu'on me montre une marche à suivre et je l'exécuterai, minutieusement… Au fond, je veux *faire* pour me *défaire*.

Moi qui m'évertue à trouver un maître, le quotidien m'en donne au moins deux : mes quintes passionnelles et mon infirmité. À y regarder d'un peu plus près, ce qui est plus fort que moi pourrait devenir un instrument vital.

64.

Les internautes m'écrivent toujours. Ils me prient de chercher des outils pour mieux vivre les passions. Leur *requête* m'a trotté dans la tête tout l'après-midi. En me promenant tout à l'heure, j'ai lu dans la vitrine d'une pharmacie : *Remèdes homéopathiques*.

En grec, *homoiopatheia* signifie « le mal semblable ». D'ailleurs, les *patheiai* désignent aussi les passions. Le mot correspond *pile*. Oui, l'homéopathie pourrait jeter les bases d'une *thérapeutique passionnelle* : soigner par le semblable. Je n'invente rien. Aristote en traitait déjà, avec la *catharsis*, cette sorte de purification, de purgation : les tragédies qui suscitent *crainte* et *pitié* purgent le spectateur, à qui on instille ces deux affects pour le moins désagréables. En somme, voir sur scène se déchaîner les passions aide à les reconnaître, à les identifier et, *in fine*, à prendre du recul à leur égard.

Les vaccins n'agissent pas autrement : les doses de poison que l'on injecte dans le corps du malade sont si minimes qu'elles déclenchent une saine réaction de défense sans nuire à l'organisme. De même, le théâtre *diffuse* un peu de *pathos*, pour que le spectateur éprouve la passion à distance et s'en purge du même coup. C'est comme si on *se défoulait* gentiment. Le mot « purger » me plaît : il convie à se délester, à quitter l'excès. Certaines de mes propres passions pourraient-elles m'aider à me libérer de celles qui sont *nocivement* plus fortes que moi ? Je sais que la soif de reconnaissance, en infime quantité, peut permettre de réfréner la colère. Il est très rare que je m'emporte en public, car mon petit ego risquerait trop d'en prendre pour son grade ! De même, la peur m'empêche bien souvent de me jeter dans des mésaventures qui me coûteraient cher. La joie, en me comblant, m'éloigne au contraire de l'insatisfaction. Pourtant, ma fascination pour les Adonis demeure. Comment me purger de cette jalousie ? Où découvrirai-je l'antidote ? À ce stade, il serait bon d'épanouir des passions joyeuses comme l'amour, la générosité, la douceur… Je me braque trop sur ce qui ne tourne pas rond et me considère comme un malade plus que comme un convalescent. Me voilà de retour sur le chaos si fécond que je rejette, obstinément.

Allons voir ce chaos !

Mais à présent, vingt minutes de *zazen* !

65.

Je viens de bavarder avec une jeune fille. Lorsqu'elle a appris que *j'enquêtais* sur les passions, elle m'a fait part des siennes : « Mes passions, ce sont Dieu et la musique ! »

En voilà bien un que j'ai complètement oublié ou plutôt délibérément *tu* dans ce journal !

Prier, c'est se dénuder, se dévêtir de soi, quitter toute affectation et s'abandonner dans la confiance. Et laisser tout tomber : rôles, attentes, craintes et tracas, pour être simplement présent, ouvert, pour vivre nu, sans armes, donné, comme un enfant. R, l'autre jour, a parlé du *philosophe nu*.

En voilà un titre !

66.

L'autre soir, en me délestant incongrûment de mes habits, je croyais avoir franchi un cap, progressé d'un degré vers la liberté, mais, l'euphorie tombée, je dois faire face à d'anciens fantômes et de vieilles résistances. Et le découragement n'est jamais loin.

Souvent, au cœur des difficultés, je me dis qu'il n'y a pas de meilleure occasion pour progresser. En irait-il ainsi, aussi, de la passion ? Devant la colère qui me sort de mes gonds, dans la fureur qui m'aliène, dans la fascination qui m'enchaîne, osons un peu de liberté. À la tradition antique, j'emprunte l'idée de me préparer à la journée. Plus d'une fois, je me lève, j'enfile mon pantalon en toute conscience, mais la pression des circonstances fait de moi un automate. L'autre jour, par exemple, avec les policiers, la machine s'est emballée… De fait, je *subis* les événements sur le mode du pilotage automatique. Ce qui est plus fort que moi – la vie, l'existence, les mille et un hasards du jour – a tendance à m'emporter. Il me faut en tenir compte dans l'art de vivre que j'essaie de dessiner.

En ce début d'année, c'est l'heure des résolutions. Mille fois, j'en ai pris ! Le matin, à maintes reprises, je m'engage à ne pas m'énerver au moins jusqu'à midi. En général, j'arrive à grand-peine à dix heures sans qu'une bagatelle m'ait agacé, qu'un petit rien m'ait courroucé ! Donc : multiplier les retraites en soi-même, se demander où l'on en est, observer les émotions, les sentiments et le chaos comme autant d'occasions non pas de maîtrise mais d'abandon, de reddition, de capitulation. Il s'agirait même de lâcher le lâcher-prise, sans raideur.

Pour ne pas se faire manger (bouffer ?) par l'adversité, je dois me recréer, me reposer. Je pourrais continuer à aligner les pages et faire mille théories sur l'art de vivre : tant que je m'accrocherai à ce que je suis et à ce que je possède, je n'irai pas loin ! Tant que je ne m'ouvrirai pas au présent, tout ce que j'accomplis ne sert à rien ! Car le plus difficile, c'est de tenter l'abandon dans les tourments de l'existence, dans l'*ici et maintenant*, dans mes quintes passionnelles. Quand la vague est passée ou quand elle est encore très lointaine, il est facile de pratiquer. Mais que faire en pleine tourmente ? Comment oser le détachement lorsque ce que je sais être plus fort que moi va me laisser démuni et sans armes ? Voilà le cœur de la pratique ! Voici mon *boulot* pour l'an neuf !

J'avais pensé être encouragé et soutenu par ces messages qui me parviennent quotidiennement du micro-trottoir. J'en attendais des réponses, des solutions, une marche à suivre. Je découvre plutôt le doute. Désormais, je considère que je serai un éternel progressant à l'école des passions. Depuis le début de mon enquête, j'ai perdu quelques-unes de mes illusions : celle de ma pleine puissance, par exemple, celle de trouver des remèdes à tout ou de passer une vie sans heurts, d'avoir un cœur sans blessures… Je mesure aussi la fragilité de ma pratique, à la merci du premier incident venu. Mais ce constat m'enchante. En me contraignant à renouveler mes forces, il me met en joie.

Tout est à revisiter, à revoir surtout. En ce début d'année, deux notions s'affrontent dans mon esprit : intériorité et extériorité. Je les ai peut-être trop séparées, me réfugiant dans la raison plus que dans l'intériorité et fuyant l'extérieur plutôt que de l'habiter réellement. Mon *foutage à poil* n'était ainsi que la provocation maladroite et juvénile d'un être disloqué, le rêve d'une transparence – d'une nudité – où le corps n'est plus opposé à l'âme, où l'extérieur n'est pas l'autre face de l'intérieur mais son complément.

Éviter de tomber dans le travers que je dénonce : ne pas faire de la spiritualité un haut lieu du nombrilisme.

Je veux apprendre des autres, me laisser enseigner et voir comment la passion se vit *ailleurs*.

67.

Toute cette histoire a donc commencé par une jalousie pour les garçons *normaux*. Tiraillé, honteux devant ce petit travers, j'ai voulu m'en débarrasser. Aujourd'hui je m'aperçois que j'ai fait d'une souris une montagne et que ce livre est né d'une fascination assez naturelle qui, progressivement, s'estompera.

Peu à peu, je désidéalise ces *corps d'athlètes* pour me replacer dans une optique plus réaliste. J'essaie tout simplement de les voir dans leur intégralité sans que la projection et mes commentaires ne viennent masquer ce qu'ils sont vraiment.

Ma femme ne s'y est d'ailleurs pas trompée. Elle vient de me suggérer que si je posais le même regard sur mon corps que celui que je porte sur les silhouettes qui me fascinent, je souffrirais peut-être moins. Paradoxalement, l'amour de soi, je le devine, réclame que je sorte un tout petit peu de moi, que j'aille, libre et sans préjugés, nu vers les autres. Les petits fantasmes d'un homme qui doute de sa virilité et qui jalouse les autres garçons l'ont embarqué dans un projet immense : *inventer* un art de vivre.

Je note, en relisant le micro-trottoir, qu'en dehors des loisirs ou de l'amour qui finit bien, la passion n'a pas si bonne presse que cela. Je ris en imaginant ce supporter honteux qui raconte comment, dans les gradins, il se surprend à insulter un inconnu, à regretter ses paroles, puis à recommencer quelques minutes plus tard.

68.

Les internautes me prient de leur transmettre quelques remèdes philosophiques « aptes à apaiser un passionné ». Me voilà bien désemparé. Pourquoi ne pas, ces prochains jours, constituer une sorte de *boîte à outils thérapeutiques* qui ait à la fois une fonction prophylactique (qui propose des remèdes préventifs) et puisse contribuer à une médecine d'urgence ?

Côté prophylaxie, j'ai assez mentionné mon intérêt pour la méditation, cet exercice gratuit, fastidieux certains jours, qui nous prépare en quelque sorte aux assauts de notre intériorité, et aide à composer avec la fragilité de notre cœur sans qu'il ne s'éteigne tout à fait. Que dis-je ! Bien au contraire, elle nous rend plus vivants. Dans ma pharmacie personnelle, je la conjugue avec l'examen de conscience que l'on trouve aussi bien dans les écoles antiques que dans la tradition chrétienne.

Souvent, après une conférence, des personnes me disent : « Je n'aurai pas le temps de pratiquer l'examen de conscience, je travaille toute la journée. » La pratique tient avant tout d'une ferme volonté. Cette ascèse n'est qu'une invitation permanente à retourner à l'essentiel, quand la pression des circonstances nous arrache à la beauté et à la joie intérieure.

J'emprunte cet exercice de base à la tradition ignacienne. Le saint s'adresse évidemment aux chrétiens, mais est-il besoin d'être croyant pour célébrer l'existence et s'abandonner totalement à elle avec gratitude et confiance ? J'ai coutume, pour ma part, de m'y adonner en compagnie d'un proche. D'ailleurs, peu de choses me réjouissent comme cette ascèse partagée. Quelques étapes jalonnent ce retour aux sources. D'abord, il s'agit de se mettre en présence de Dieu ou de la vie et de s'examiner avec douceur et sans complaisance, dans une sincérité absolue. On ne fait pas le beau, on ne prend pas la pose, on observe, voilà tout.

Je ne suis plus le centre du monde et abandonne pour un temps agitations, tracas, désirs, refus et résistances pour être pleinement *ici et maintenant*. Je peux alors jeter un regard d'amour sur ce qui m'entoure. Rien de bien original. Le Bouddha, Jésus et tant d'autres ont conseillé de pratiquer la bienveillance, d'emplir son être de compassion, de s'ouvrir à autrui quand notre pente naturelle nous porte toujours à l'égoïsme, au *moi d'abord* et à l'agressivité.

Puis, *relire* la journée pour y découvrir tout ce que j'ai reçu de bon et qui, trop souvent, passe pour acquis et relève de la routine. Le *merci* ici ne tient pas de la politesse mais d'une audacieuse ouverture à la joie, d'un regard qui s'ouvre, recueille et se nourrit.

Je me *vois* en train de courir à longueur de journée, j'observe les habitudes, grandes ou petites, bonnes ou mauvaises qui me conditionnent ou me libèrent.

Je cours, je cours, sans savoir pourquoi. D'où la nécessité de m'attarder sur mes espoirs et les désirs profonds qui m'animent. Que puis-je attendre de la journée ? Voilà qui, assurément, ramène à l'essentiel et aide à cueillir tout ce que l'existence prodigue et que nous ne pouvons, dans notre hâte, guère apprécier ! Loin de tout jugement et de toute culpabilité, je parviens ainsi à examiner mes faux pas : pourquoi ai-je pareillement perdu patience, et pour si peu ? Sans m'appesantir, pour repartir de plus belle, avec un nouvel entrain, rien de tel que de se demander ce que je peux instituer *ici et maintenant*. Et que puis-je mettre en œuvre pour continuer dans la joie cette journée ?

Rien de moralisateur. Chaque jour, j'apprends à mieux regarder, à vivre un peu moins automatiquement et à repérer ce qui véritablement me nourrit. La culpabilité n'y a pas de part. L'exercice dégage une voie pour jouir et se réjouir de la vie, quitter le cinéma intérieur qui, nous plongeant dans notre monde, nous voue à l'insatisfaction.

69.

De nombreux internautes me poussent sur le terrain de la sexualité. De même que je ne suis guère loquace sur la foi, la sexualité me rend peu prolixe. Dans mon journal, il me paraît malvenu et, pour tout dire, pas très captivant de consigner certains détails de ma vie intime.

Je voudrais cependant souligner qu'au sortir de mes années d'institut, le rôle que le sexe jouait dans la société m'a sidéré. Il faisait courir mes camarades de classe et je sentais quelque malaise à l'endroit de cette volupté que l'on se procure, que l'on cherche avant tout pour soi, avant de découvrir la joie de la partager, de la donner et de la recevoir. En la matière, j'étais bien naïf et, pour être franc, encore peu intéressé à *la chose*. Ce n'est que plus tard (au risque de sombrer dans un certain mépris de moi) que j'ai docilement fait mienne la leçon de Schopenhauer qui parle de « la chienne de sexualité[1] ». Sur ses gardes, le philosophe de Francfort y voit l'expression d'un *vouloir-vivre* aveugle qui, à travers nous, sert avant tout la conservation de l'espèce. En gros, au lit, nous perpétuons la race, nous sommes esclaves de l'instinct alors même que nous croyons goûter l'érotisme le plus délicat.

1. D. Raymond, *Schopenhauer*, Paris, Seuil, 1995, p. 48.

Là encore, je me suis tour à tour jugé et haï : « Je ne devrais pas avoir ces pulsions. L'existence serait si douce si, tel un enfant, je pouvais aller, chaste et innocent, dans la vie sans attirance ni attrait, sans cette faim jamais assouvie qui me prend au corps. » Nier la pulsion, forme primitive de la sexualité, par idéalisme ou par angélisme, c'est sans doute se préparer à recevoir, par un effet *boomerang*, un grand coup, et pas seulement dans la figure.

Je commence à comprendre que ce qui est plus fort que moi, c'est aussi moi, une partie essentielle de mon être, partie à intégrer, à apprivoiser avec bienveillance afin (pourquoi pas ?) d'en faire un lieu de joie et de liberté. De fait les termes : pulsion, passion, *ça*, sont en quelque sorte les mots qui permettent de circonscrire en moi un certain chaos…

Quel chaos ?

Chaque fois que dans mon enquête j'insiste sur *ce qui est plus fort que moi*, on a tendance à me coller l'étiquette de fataliste, comme si j'étais homme à rejeter toute responsabilité en arguant que ce n'est pas ma faute… C'est en réalité oublier que ma quête première reste la joie, une joie qui libère. Or celle-ci réclame une adhésion totale à l'être, à tout l'être. Pourquoi donc nier que je *suis* aussi pulsion, instinct, réflexe, faim, soif… ? Entre bannir les pulsions et leur obéir au doigt et à l'œil, un chemin de libération est possible.

70.

Ce matin, le *zazen* m'est apparu comme un secours évident : voir naître et disparaître une pulsion et l'accepter : « Oui, je suis cela aussi… mais je ne suis pas que cela ! »

Que de fois suis-je passé à l'acte sans me demander si cela allait me rapprocher de la joie, me combler réellement ou non ! De façon infantile, je subis ma pulsion et seulement après m'interroge sur sa nature et son éventuel bien-fondé. Or, quand cette pulsion renaît sans cesse, lorsque quelques instants à peine après son assouvissement, elle me tiraille à nouveau, je comprends que jamais je ne pourrai définitivement la satisfaire. Cela peut donc progressivement me détacher de l'illusion d'une satisfaction totale et d'un apaisement durable de mes appétits sensibles.

Aux confins du biologique et du psychologique, pulsions, appels de la chair et instincts réclament un art de vivre qui est aux antipodes du rejet pudibond, de la haine de soi prétendument vertueuse et d'un laisser-aller qui tôt au tard rend malheureux et triste.

J'aimerais corriger ce que j'ai écrit hier. Il y a sans doute une part pulsionnelle dans mon attrait pour les jeunes gens, pour ces garçons de mon âge. Je comprends aussi que c'est faute de m'assumer entièrement que je désire un autre corps, plus véloce, plus performant, plus joli et, pour tout dire, apte à faire se retourner les filles dans la rue.

Aujourd'hui elles se retournent… mais pas pour les mêmes raisons.

71.

Ce matin, j'ai passé une heure à me bagarrer gentiment avec mon fils. Je l'ai traîné sur le sol, il m'a donné quelques coups de poing dans le ventre, nous nous sommes serrés dans les bras, virilement. Puis nous avons joué à cache-cache. Parfois nos divertissements étaient un peu turbulents, et pourtant tout s'est terminé dans des éclats de rire. C'est comme si nous nous défoulions, comme si nous transformions une agressivité en jeu, en joie. D'aucuns vont à la chasse, d'autres pratiquent des sports extrêmes pour décharger leur agressivité. Nietzsche a bien dit combien la civilisation s'est payée au prix fort : « Ces formidables remparts que l'organisation sociale a élevés pour se protéger contre les vieux instincts de liberté – et il faut placer le châtiment au premier rang de ces remparts – ont réussi à faire se retourner tous les instincts de l'homme sauvage, libre et vagabond – *contre l'homme lui-même.* L'hostilité, la cruauté, le plaisir de persécuter, d'attaquer, de changer, de détruire – tout cela se dirigeant contre le possesseur de tels instincts : c'est là l'origine de la « mauvaise conscience[1]. »

Décidément, on ne tue pas les instincts aussi facilement, et l'agressivité non assumée finit souvent par se retourner contre celui qui ne sait la dominer… ou alors contre le malheureux qui, lui faisant face, en fera les frais.

À sa manière, mon fils m'incite à jouer avec cette sorte de *barbarie* qui me constitue aussi. Il me montre un chemin pour en faire une alliée. « L'homme n'est ni ange ni bête, et le malheur veut que qui veut faire l'ange fait la bête[2] ! » Divin Pascal, m'aiderais-tu aujourd'hui non seulement à me débarrasser de mes illusions de maîtrise absolue, mais surtout à affronter tout ce trouble qui s'agite en moi?

---

1. F. Nietzsche, *La Généalogie de la morale*, par 16, deuxième dissertation, *in* F. Nietzsche, *Œuvres*, *op. cit.*, p. 826.
2. Pascal, *Pensées*, fgt 358, édition de Léon Brunschvicg, Paris, Le Livre de Poche, 1972, p. 164.

Si les résultats du micro-trottoir m'ont fait effleurer la problématique des forces pulsionnelles qui risquent de nous submerger, ils m'invitent avec insistance à une prudence car, à la question six : « Que faire des passions ? Les vivre pleinement ou les réfréner ? », la réponse est quasi unanime : « Les vivre à condition qu'elles ne nuisent pas aux autres ! »

72.

À l'attaque ! Penchons-nous ce matin sur les accès de rage, les coups de sang et les crises de nerfs qui, si souvent, nous mettent hors de nous. Si la philosophie de la joie suppose de ne pas vivre les passions comme des adversaires à défaire, les emportements et leurs excès impliquent et exigent, sans conteste, quelques exercices spirituels. Nous ne sommes pas des fauves, tout de même ! S'il y a de saines et saintes colères, il en existe passablement de nocives. Bien sûr, l'indignation face à l'injustice incline à la bienfaisance et à la générosité, cette passion joyeuse. Mais, avouons-le, c'est souvent la soif de vengeance, ou plutôt le sentiment de l'affront qui nous emporte. Alors, nous fulminons, prisonniers que nous sommes de notre petit personnage, incapables d'essuyer la moindre blessure narcissique. Devant mes flics de l'autre jour, si je suis tout à fait franc, je vois bien que c'est avant tout un amour-propre froissé qui a réagi.

La colère, cette passion fondamentale, relève de la *part animale* en nous, cependant, comme le rappelle un internaute, elle est avant tout « la manifestation d'un ego blessé ». Notre propension à l'irritabilité dit assez bien le degré de notre susceptibilité et l'étendue de nos attachements. Aussi, quand au loin se lève une crise, au seuil du coup de sang, il ne reste plus qu'à prendre conscience que, presque à coup sûr, c'est mon petit moi qui n'est pas content, qu'il se sent menacé, bafoué, outré. Les remèdes requis tiendront forcément du soin palliatif tant que l'ego régnera en maître au milieu des accès de rage, des emportements et des fureurs.

La colère est un véritable *autogoal*, elle aggrave presque inévitablement la situation. Celui dont elle s'empare n'est-il pas avant tout sa proie ?

Je la crains parce qu'elle m'arrache à la joie et m'a rendu plus d'une fois bête, méchant et malheureux. La rage incarne bien l'essence de la passion, son *hubris*, son excès, sa *fâcheuse* tendance à déformer le réel et à couvrir une pauvre victime (il en faut toujours une, plus ou moins consentante !) de tous les défauts de la création. Passifs et impuissants, il ne reste souvent après son passage qu'à constater les dégâts.

Derrière la colère se cache, semble-t-il, une autre passion, la peur. Je présume qu'un homme dépourvu de celle-ci serait libéré aussi de celle-là. Ce qu'il n'obtient pas en vociférant, il l'aurait peut-être, s'il avait conservé son calme, reçu sur un plateau. Oui, le colérique se tire une balle dans le pied. D'où ces utiles banalités glanées aujourd'hui.

Empruntons aussi quelques pistes à la thérapie *sénéquéenne*. Dans son livre, *De la colère*, le philosophe prodigue quelques astucieux conseils à toute bonne âme courroucée ou prompte à le devenir. Par exemple, lorsque cette passion triste la guette, elle ferait bien de pratiquer la compassion, non sur la base d'un optimisme béat mais en s'appuyant sur une connaissance réelle et profonde du genre humain. Pour ma part, sous les feux de certains yeux moqueurs, je n'aurais qu'à constater à quel point leur propriétaire partage la même condition que moi, à quel point lui aussi souffre, lui aussi va mourir.

Sénèque exhorte d'ailleurs à pardonner à toute l'humanité : « Pour ne pas t'irriter contre les individus, il faut pardonner à la société entière, il faut faire grâce au genre humain. Si tu t'irrites contre les jeunes gens et les vieillards des fautes qu'ils commettent, tu t'irriteras aussi contre les bébés : ils vont en commettre. S'irrite-t-on contre les enfants dont l'âge n'est pas encore susceptible de discernement ? C'est une excuse plus sérieuse et plus juste d'être homme que d'être enfant[1]. »

La colère aveugle et fait oublier ce que l'autre est réellement. Pourquoi, avant d'accuser autrui et de le malmener, ne pas se souvenir de ce que je lui dois, pourquoi ne pas se remémorer d'éventuels bons moments partagés : « Il me gonfle mais il n'en reste pas moins qu'il m'a beaucoup aidé ! Et nous avons, malgré tout, bien rigolé ensemble… »

Le stoïcien propose aussi qu'on adoucisse la voix. Il me rappelle un ami bien inspiré qui, sentant monter en lui une colère, n'hésitait pas à se coucher à même le sol parce qu'il avait constaté qu'il est moins facile de hurler et de vociférer dans cette posture. C'est assez dire que l'attention au corps appartient à l'ascèse. Et La Palice de confirmer qu'un corps fourbu comme un esprit las s'irriteront en moins de deux. Mieux vaut donc prévenir que guérir.

Il est par conséquent utile de repérer et de désamorcer toutes les circonstances susceptibles de désarçonner. Ainsi, le philosophe John Searle note que, privé des

1. Sénèque, *Entretiens. Lettres à Lucilius*, La Colère, X, 2., Paris, Robert Laffont, 1993, p. 133.

moyens de communication qu'offre la civilisation, le conducteur, réduit à klaxonner pour signifier ses états d'âme et communiquer ses émotions, peut très vite sombrer dans la barbarie. La vigilance commande donc de jeter un œil avisé sur nos conditions de vie. À la caisse d'un supermarché, sur la route, il se présente tant d'occasions où, dépourvu de tout vrai dialogue, il est aisé de perdre les pédales.

Raison de plus de pratiquer la douceur, puissant antidote à la colère, et d'abord de se montrer doux envers soi-même. L'exigence du perfectionnisme, l'intransigeance pointilleuse et les innombrables injonctions de notre tyrannie intérieure font de nous des *soupes au lait* en puissance. Douceur également à l'endroit du proche et du voisin, boucs émissaires toujours à portée de la main mécontente.

Parmi tous ces outils thérapeutiques, qui aurait tendance à perdre ses nerfs pourra éventuellement recourir à un vrai remède de cheval : le fait de se convaincre qu'il n'est nul besoin de se venger, que tôt ou tard, quoi qu'il entreprenne, la vie se chargera de faire souffrir et périr *l'ennemi*. En gros, c'est Dame Nature qui exécutera le châtiment. Dès lors, à quoi bon dilapider son énergie ?

Retenons, pour finir, la thérapie du jugement. Elle consiste à *voir* réellement ce que j'ai sous les yeux : mais pourquoi je m'énerve ? Cela en vaut-il la chandelle ? Que pèse cette ridicule anicroche en comparaison de ma joie ? Nietzsche donne le ton : « Ne pas pouvoir prendre longtemps au sérieux ses ennemis, ses malheurs et jusqu'à ses *méfaits* – c'est le signe caractéristique des natures pleines et fortes, en qui se trouve en surabondance la force plastique et régénératrice, qui permet de guérir et même d'oublier. (Un bon exemple dans ce genre, pris dans le monde moderne, c'est Mirabeau, qui n'avait pas la mémoire des insultes, des infamies que l'on commettait à son égard ; et qui ne pouvait pas pardonner, uniquement parce qu'il – oubliait)[1]. »

Cette conversion du regard s'attache au *bien* et se distancie de tout ce qui peut rendre amer et aigri. La pratique du zen m'aide assurément et la mort de soi à l'avenant : l'individu insulté, humilié, rabaissé, meurt à chaque instant si bien que disparaissent avec lui toutes ces mille et une vexations. Mourir à soi, dans la joie comme dans l'épreuve, c'est renaître à chaque instant, ne pas me figer dans ce que j'ai été et laisser sans cesse la vie se renouveler en moi.

En outre, tout homme qui vouerait sa vie à répandre le bien autour de lui n'aurait que peu de temps à consacrer à l'agressivité, à la colère.

73.

Par nature, je prends facilement la mouche, et je n'ai donc pas fini de glaner des outils pour calmer quelque peu la bête. Une voix avisée m'a un jour indiqué un chemin. À la parution de mon dernier écrit, la première recension que j'ai lue se répandait, avec force détails, sur mon handicap. Sur le livre lui-même, presque rien… Découragé, déçu, bientôt exaspéré, je macérais dans ma rogne quand, découvrant avec amusement le texte, un proche me dit : « Ça vaut dix minutes de colère, pas davantage ! » Je me suis alors enfermé dans les cabinets

1. F. Nietzsche, *La Généalogie de la morale*, in F. Nietzsche, *Œuvres*, *op. cit.*, Première dissertation, par. 10, p. 789.

pour jeter toute ma hargne sur le folliculaire. Une fois ressorti, j'ai même ressenti quelque semblant de bienveillance envers le journaliste. Bien épuisée, la passion triste ne laissait pas la moindre petite place à la rancune.

Au lieu du refoulement, de la crispation et de la violence sans limites, à pratiquer absolument : la *toilette intérieure*, salutaire halte cathartique, purgation jubilatoire, défoulement libérateur qui congédie toute amertume (et peut-être toute méchanceté) !

Le passage au lieu d'aisance rejoint une autre *tactique* léguée par un ami. La voici : un homme surprend deux gaillards qui se tapent dessus devant un restaurant. Il les observe, pas trop longtemps tout de même, et finit par poser sa main sur l'épaule de l'un d'entre eux : « Excusez-moi, Monsieur, quelle heure est-il s'il vous plaît ? » L'empoignade s'interrompt aussitôt. Les deux *abrutis* se regardent désarçonnés. Leur violence retombée, ils discutent. Et une issue pacifique voit bientôt le jour…

Avouons-le, la méthode n'est pas sans risque ! Le preux conciliateur aurait bien pu se ramasser un coup de poing dans la figure. Quand on est sur le point de perdre pied, rien de tel pour éviter la chute que de s'éloigner d'un pas, mais sans se laisser distraire.

Les stoïciens qui prêtent à la passion tous les maux, ou presque, proposent de distinguer la colère de sa cause : un matin, je me lève de piètre humeur, et le premier venu n'a plus qu'à faire les frais de mon acrimonie. Se trouver là et servir de paratonnerre, voilà sa déveine… Au fond, si j'étais stoïcien, devant chaque accroc, je devrais donc suggérer à mon âme : « Ne te trouble point, garde ta souveraine liberté et va ton chemin. » Je ne suis pas bon élève, je ne sais pas différencier l'occasion de la colère – le vase brisé ou, pour faire plus époque, l'imprimante bloquée – de l'emportement qui me fait jeter contre ladite maudite machine, innocente cause de cet émoi, les pires imprécations. À son faîte, le courroux monte tout en épingle et les méprises s'enchaînent : « L'imprimante est fichue. Je vais devoir en acheter une autre. Elle va me coûter un saladier. Je devrais faire venir mon informaticien. Ma femme va partir avec lui. Je resterai seul avec mes enfants… et les pages blanches de ce livre ! »

Je doute vraiment que mon arsenal thérapeutique puisse transformer une bête féroce en colombe ou un colérique en doux agneau. Cependant, les fruits d'une analyse pointue et d'exercices assidus pourraient étonner : sous cette colère imprévisible, derrière ces fulminations stériles, je découvre de la crainte, de l'attachement, un sentiment d'impuissance, une impression d'injustice, beaucoup de bêtises, bref, un fatras passionnel qui me met hors de moi. Nul besoin de recourir au *memento mori* devant un stupide problème informatique. Je peux toutefois imaginer un proche qui observerait le *grand philosophe* menacé dans sa sagesse et littéralement sorti de ses gonds pour une banale mais retorse imprimante aux câbles facétieux et au bourrage de papier facile. Imaginer son regard posé sur moi me prête bien souvent à rire lorsque je perds les pédales.

Si fréquemment répété, le piteux spectacle devrait rendre humble. Pourtant… Une imprimante, c'est un détail, mais si ma colère porte contre l'ami, la femme ou l'enfant, il est peut-être bon de réfléchir à deux fois avant de joindre le geste à la parole. Ne nous avouons pas vaincus : ne nous réduisons pas à cette frénésie et, pour nous contrôler, découvrons quelques expédients. Quelle question suffirait à dégonfler cette outre d'humeurs noires ? Peut-être tout simplement : Qui suis-je ?

Je viens de lire une anecdote qu'on prête aux Pères du désert : « L'abbé Joseph demande à l'abbé Pastor : "Dis-moi comment devenir moine ?" L'ancien lui répond : "Si tu veux trouver le repos en ce monde et dans l'autre, en toute occasion, pose-toi cette question : "Qui suis-je ?' Et ne juge personne[1]." » La sobriété de ce Pastor est parlante. On s'attendait à un barda de recettes mais le saint homme renvoie à l'intériorité, à l'observation de ses démons intérieurs, à la connaissance de la foule braillarde qui se presse dans son cœur. Comment, après une telle introspection, oser pointer du doigt les petits travers de ses proches ?

Si je m'en tiens à la colère, je retiens ce qui suit : très rarement synonyme de joie, elle fait du colérique un *dérangé* plutôt qu'un ennemi. Ce qu'illustre cette parabole bouddhiste rapportée par une de mes internautes : « Un maître dit à ses disciples : "Ne condamnez jamais le bâton qui vous frappe. Ce n'est que l'instrument de la colère. De même, celui qui vous fait du mal est l'esclave de sa passion." »

Plus que tout, mes passionnants rapporteurs me révèlent la détresse de l'atrabilaire. Démuni, il souffre aussi, à cent lieues de la liberté intérieure. Une espèce de fraternité m'unirait *presque* à lui. Comme moi, il aspire au bonheur, à la joie. Dans cette quête, cependant, pour son malheur, il se leurre et s'égare sur d'abrupts sentiers qui le rendent triste et solitaire. Certains correspondants osent même considérer le colérique comme un *grand malade*… Devrais-je dorénavant accueillir avec compassion et bienveillance le *fou furieux* (qui peut se réveiller en chacun de nous) ?

Je note aussi que la colère puise sa force dans la frustration. L'art de se satisfaire, de cueillir dans le présent

1. *Les Sentences des Pères du désert*, chap. IX, par. 5, Abbaye de Solesmes, Éditions de Solesmes, 1966, p. 124.

tout ce qu'il peut donner semble être la meilleure prophylaxie à mes coups de sang.

Dans ma pharmacie, je conserverai quelques inhibiteurs, car, comme Galien, une correspondante me conseille de toujours remettre au lendemain ce que me dicte la colère. J'adapterai la prescription à ma fougue et j'essaierai de retarder d'une demi-heure la mise à exécution des *représailles*. Ce ne sera déjà pas mal.

Je reviens donc à mon imprimante, innocent, défectueux et bien-aimé engin qui m'offre les occasions de pratiquer la vertu, d'exercer ma patience, de relativiser (un peu) les choses et de savourer (beaucoup) la joie.

74.

Hier, ma femme est rentrée d'une *sesshin*. C'est fou comme la pratique semble simple : tenter de coïncider avec le réel, épouser son impermanence, sans s'accrocher à quoi que ce soit ni rien rejeter.

J'avais passé ma journée à nettoyer l'appartement pour lui réserver un bon accueil. L'activité m'a réjoui. J'ai même arpenté les rues de Lausanne avec un immense ficus entre les bras. De retour, j'ai mis un CD de Gainsbourg à fond et j'ai rangé tout le bazar. Je commence à percevoir ce que Houei-neng voulait dire : « C'est parce que leur esprit s'est mépris que les êtres ordinaires pratiquent et cherchent tous le Bouddha à l'extérieur d'eux-mêmes, sans s'illuminer dans leur état naturel[1]. »

1. Fa-hai, *Le Soûtra de l'Estrade du Sixième Patriarche Houei-neng*, Paris, Seuil, 1995, p. 59.

Pour une fois, j'ai apprécié la joie, j'ai vécu la simplicité de l'instant, j'ai épousé le cours naturel des choses, sans me fixer, sans m'attacher, sans chercher au-dehors une récompense, une consolation ou quelque approbation. Léger, j'ai savouré l'existence sans que la pensée ne vienne rien juger ou condamner.

Houei-neng a peut-être raison : « L'esprit humain n'est pas la pensée, mais le vide et la paix qui forment le fond et la source de la pensée. » Se détacher des vues fausses, voilà donc « l'unique cause de cette grande chose[1] ».

Pourtant, ma pente *naturelle* me coupe de cette simplicité. Et chaque matin, « la clarté de mon esprit » est presque immanquablement embrumée par des « J'en ai marre ! » Pour la retrouver, un minimum de pratique est requis, une ascèse en somme. Je peux par exemple me saturer de joie en contemplant les enfants, en écoutant de la musique, en lisant quelques belles lignes, en pratiquant *zazen*. Singulier paradoxe : pour retourner au fond du fond où réside la joie, pour s'ouvrir à elle, un effort est nécessaire. Petite hygiène mentale : me reconnaître fragile, enclin à l'abattement. Rien n'est acquis. Tout est à redécouvrir, d'instant en instant. Oui, la joie relève de la découverte plus que de la conquête. Savoir regarder, savoir recevoir… Trouver la force de dissiper un peu les nuages.

Quotidiennement, même sans avoir réellement faim, je me mets à table, sans me poser trop de questions, mais si j'oublie ma pitance, mon estomac me rappelle immédiatement à l'ordre et me redirige vers *l'essentiel*. Pourquoi n'en va-t-il pas ainsi pour ma faim de joie, ce besoin tout aussi fondamental ? Pourquoi le cœur et l'esprit se taisent-ils humblement quand je ne les *ravitaille* plus ?

1. Fa-hai, *Le Soûtra de l'Estrade du Sixième Patriarche Houei-neng*, *op. cit.*, p. 85.

Dans mes « J'en ai marre », je perçois tant d'erreurs, de généralités. Je décèle un parasyllogisme qui stipule à tort que si j'éprouve de la tristesse, alors le monde est triste. Lorsque je prends l'avion, derrière les nuages les plus épais, brille toujours un soleil, lumineux. En irait-il ainsi de la joie ? Sous l'affliction, je pressens qu'elle règne, pleine et entière au *fond du fond*.

75.

J'ai vingt minutes d'avance. Je reste devant la porte de Georges, un Mp3 sur les oreilles. Me voilà pris d'une envie de danser : j'exécute quelques pas au rythme endiablé d'une techno des années 1990. Excellent antidote à la tristesse, tout ça ! Se divertir, être totalement dans l'instant, sans se charger des souffrances du lendemain… Certains cachent dans leur pharmacie des Louis de Funès, le coffret des Inconnus, ou encore l'intégrale de Chantal Goya. Moi, je me vide la tête avec de la musique barbare qui laisse les neurones presque inoccupés.

Dans certaines traditions du zen (de l'école Rinzai notamment), l'élève reçoit de son maître un *koan*, sorte d'énigme, de paradoxe, qui invite à mettre bas tout préjugé, tout raisonnement logique pour progresser vers le *satori*. L'intelligence discursive ne peut pas trouver la solution d'un *koan*, qui fait appel à un niveau plus profond de l'esprit.

Abasourdi par les sons tonitruants qui assaillent mes oreilles, j'en viens à penser que mon *koan* existentiel réside dans la dissipation de cette sorte d'aveuglement que j'éprouve face aux garçons *normaux*. Comment résoudre ce casse-tête quotidien ? Voilà l'écharde dans ma chair : refus ou rejet de mon corps, envie folle de devenir un autre, donc jalousie devant les beaux jeunes gens. Je conçois que, pour qui souffre de sclérose en plaques, de dystrophie musculaire ou de maladie des neurones moteurs, cela semblera dérisoire. Encore que je me méfie des hiérarchies dans la souffrance. Tout tourment est de trop pour celui qui le subit.

Je me décide à sonner et pénètre dans la chambre de Georges. Sans préambule, nous entrons dans le vif du sujet.

> Lui : Pour dix millions, je ne changerais pas ma vie, pour un empire non plus. Et allez vous faire pendre ! J'ai quatre-vingt-treize ans et je ne voudrais pas avoir deux mois de moins.
>
> Moi : Mais si vous pouviez redevenir un beau jeune homme ?
>
> Lui : La beauté ? C'est des conneries pour les marchands de chaussures.
>
> Moi : Des conneries pour marchands de godasses, vraiment ? Même pour un garçon qui vit continuellement avec une infirmité qui déclenche les rires en masse ?
>
> Lui : Alors là, il ne faut pas tout confondre, et sérier les problèmes ! D'accord, il est naturel de souhaiter échapper aux épreuves. Mais de là à vouloir devenir un bellâtre !
>
> Moi : Vous… vous… vous en moquez du regard d'autrui ?
>
> Lui : Totalement.
>
> Moi : Vous vous en foutez aussi du jugement de vos lecteurs ?
>
> Lui : S'ils n'apprécient pas mes écrits, tant pis, personne ne peut plaire à tout le monde. Certains adorent le vin, d'autres le détestent, c'est tout !

Moi : Eh bien moi, j'aimerais quand même être plus gracieux et un *chouïa* plus normal, si possible.
Lui : Oui, il y a des désirs mal placés !

Le vieil homme se lève et prend son déambulateur. Précautionneusement, je le conduis au lit. Il demande un peu de samos, j'ouvre la bouteille tant bien que mal, tente de viser juste et lui avance le verre devant la bouche. Prouesse inouïe pour qui, d'ordinaire, ne parvient pas à se servir lui-même un gobelet de sirop ! Aux côtés du bon Georges, je suis obligé de reconnaître les mille services que rend mon corps trop vite dénigré.

En quittant le poète, comme un con, je cours sur la neige pour attraper le bus. Deux jeunes hommes m'invitent à ralentir car il reste quatre minutes. Évidemment, leur douce robustesse ne peut que me toucher : après tout, j'appartiens à la même espèce. Je suis un garçon ! N'ai-je pas, tout à l'heure, moi aussi doucement, avec mon incertaine virilité, prêté secours? Le véhicule démarre et je me souviens du grand Spinoza murmurer : « Par réalité et perfection, j'entends la même chose. »

Traduit en bon chrétien : « *Deo gratias*. »

76.

Avec Z, devant la photocopieuse, je suis en train de commettre le forfait le plus infâme… Non, je n'ai pas hésité à dupliquer *Les Trois Piliers du Zen*[1], ouvrage aujourd'hui épuisé.

Nous continuons à prospecter et à tester des outils. Depuis des mois, nous cherchons tous deux un exercice

1. P. Kapleau, *Les Trois Piliers du Zen*, Paris, Stock, 1972.

qui aide à désidéaliser, une bonne fois pour toutes, le corps des hommes de mon âge. Le *merismos* ne fait pas effet. J'ai beau découper et redécouper le corps des autres en fines lamelles, la fascination demeure. Si je pouvais seulement vivre une journée dans leur peau… Nul doute que mon envie passerait.

Voici un premier outil (de base) : ne pas rester seul avec ses obsessions, ne pas se cloîtrer avec ses fantômes. Tiré de notre pharmacopée, un deuxième occupe une bonne place : l'option *le-lot-entier-ou-rien*. Interdiction totale de loucher sur le sort d'autrui tout en dédaignant certaines parties de l'assortiment (donc, haro sur tout discours du genre : « Moi j'aimerais la pizza Apollon, rehaussée de l'humour de mon ami B, si possible avec mes enfants et ma femme en plat de résistance. Par contre, si vous pouviez enlever les anchois et le chômage, ce serait parfait ! »)…

Vil discoureur que je suis ! Je conditionne toute ma joie à la beauté. Tous les outils existentiels du monde ne serviront à rien si je n'habite pas mieux mon corps. L'objet de ma fascination, je lui confère malgré moi le droit de me rendre triste.

Il n'existe pas trente-six mille manières d'aborder le problème : soit la désidentification complète (non, je ne suis pas ce tas d'os et de peau, non, mon véritable *être* n'a rien à voir avec cette enveloppe charnelle), soit un processus d'acceptation totale du corps que l'existence m'a confié. Tout me porte à essayer cette option-ci… *Complète*, *totale*, voilà bien toujours ce fichu extrémisme, l'expression de mon volontarisme étriqué. Peut-être se trouve-t-il une voie médiane ? D'instant en instant, progressivement, accepter mon corps ?

Bon, assez gambergé ! Vingt minutes de zazen (haut lieu du non-refus !)… Tout est à (laisser) faire, en un éternel recommencement.

77.

Je suis brutalement tiré de mon sommeil par cette espèce de curieux syllogisme :

a) je rêve d'être un garçon *normal* ;

b) je veux que tout le monde m'aime *inconditionnellement* ;

c) ce désir est impossible.

Mon attente demeure irréalisable et je cherche vainement à la concrétiser. De là ce mécontentement tenace. Décidément, j'exige à cor et à cri un amour absolu, une reconnaissance universelle. Pourquoi m'étonner de souffrir autant ?

Je mendie auprès du premier venu une tendresse infinie. D'où me vient ce vouloir effréné ? Je me veux unanimement apprécié. Que tout le monde m'adore, et me désire, voilà le fantasme ! Et j'ai la faiblesse de croire que le plus court chemin vers la reconnaissance réside dans une belle apparence.

Grossière erreur que celle qui consiste à chercher dans le paraître ou la *normalité* un amour inconditionnel que seul Dieu peut prodiguer. S'il désire trop, s'il désire mal, même le plus bel homme du monde souffre.

La perspective de renoncer à mon rêve fou, à ma bizarre ambition pour m'accepter tel que je suis… oui, tout cela me remplit de joie.

Mais quelle voie emprunter ?

Partir du réel sans doute, par exemple du regard d'Augustin et de Victorine. Il y a peu, je me suis livré à un père jésuite croisé à Oxford. Il m'a posé cette question simple : « Quel regard te parle le plus de Dieu ? Les yeux que tu fuis dans les transports publics ou ceux de tes enfants ? » Par leur simple présence, mes enfants, mon épouse, les amis me délivrent tendrement du délire qui me laisse croire que je ne suis pas assez aimé. À force de réclamer que les autres me reconnaissent et me distinguent, je me prive de l'immense affection que je reçois *pour de vrai*.

Donc, quitter le royaume imaginaire, abandonner peu à peu l'illusion d'une satisfaction totale, et faire que la vie devienne vraiment plus légère et que je puisse redécouvrir les mille occasions de me réjouir. Oui, ma joie ne pourrait que renaître d'un tel dépouillement, elle tempérerait toutes ces attentes irréalistes et ferait son miel de ce qui est.

Si, avant tout, elle est un état d'esprit, je devine qu'il ne suffit pas de *posséder* un corps qui réponde aux *normes* pour goûter la béatitude. Le cœur sera-t-il en mesure de prendre en compte ce que la raison comprend ? Quoi qu'il en soit, je vois qu'un attachement commence à céder.

Je viens de parcourir le micro-trottoir et m'aperçois que je ne suis pas le seul à idéaliser l'autre. Le refus de son corps serait-il une *maladie* commune ? Voilà qui me rapproche encore davantage de Spinoza et de sa critique de l'imagination : bien qu'elle puisse être un véritable outil de vie et que, dans certaines épreuves, elle contribue à dégager quelques issues, elle laisse trop souvent miroiter que l'herbe est bien plus verte ailleurs. Infâmes comparaisons, quand me quitterez-vous ?

Pour le moment, apprendre à rester joyeux dans mon jardin imparfait. Donc, *zazen* !

78.

Ce matin, devant la croix, après le *zazen* : « Seigneur, je ne m'aime pas ! »

J'ai réfléchi à l'histoire de mon jésuite. Et si l'attachement, vécu à fond, conduisait au détachement ?

J'ai reçu un extrait de la mise en scène inspirée de *La Construction de soi*. Le comédien parodiait ma manière de parler et soudain un immense cafard m'a pris. Peu de choses me chagrinent, sinon le malheur des autres, l'angoisse. Pourtant lorsqu'on m'imite, j'éprouve un malaise et, pour tout dire, une tristesse abyssale. Cette infirmité me suivra-t-elle à vie ? Y aura-t-il toujours quelqu'un pour me renvoyer l'image que je veux *oublier* ? Victorine a découvert avec moi le clip et je me suis tourné vers elle. Le regard de ma fille, assurément, me console un peu (et me libère) :

« Tu vois le monsieur, là ? Il te fait penser à quelqu'un ?

– Non !

– Regarde bien, il ne te rappelle pas quelqu'un ?

– Non !

– Il ne ressemble pas un peu à papa, le monsieur ?

– Mais alors pas du tout ! »

Les yeux de mes enfants auxquels je suis puissamment attaché n'iraient-ils pas tout droit et exactement à l'essentiel, au-delà des différences, des singularités et des comparaisons pour aimer véritablement, et en acte ?

Il y a dix minutes, j'ai failli téléphoner au metteur en scène pour lui dire ma pensée. Mais grâce à ma fille, je n'ai pas bougé et, laissant la vague passer, je me suis un peu abandonné. Ce n'est plus un problème !

Merci ma fille, tu me détaches !

79.

Sur le chemin de l'école, je délivre ma leçon quotidienne : « Au mariage de Thétis et de Pélée, Éris sème une zizanie infernale en jetant une pomme d'or dans l'assemblée. Dessus, elle a pris soin d'écrire : "À la plus belle !" Les déesses perdent carrément la boule et prétendent toutes la mériter, cette sacrée pomme. On nomme un juge pour décider qui remportera le titre. Ce sera à Pâris, simple mortel, de trancher. Pour l'amadouer, Héra lui propose un royaume contre le fruit, Athéna, la victoire au combat. Quant à Aphrodite, elle promet la plus belle femme du monde. Évidemment, Pâris opte pour Aphrodite. Problème ! La plus belle femme du monde est déjà mariée au roi Ménélas. Sans autre forme de procès, on enlève la belle Hélène pour la donner à Pâris, ce qui déclenche, au passage, la guerre de Troie.

« Vous voyez les enfants, Pâris désire une femme qu'il ne pourra conquérir qu'au prix d'une immense catastrophe. Souvent, on souhaite autre chose, la vie d'un autre, le jouet d'un copain… Aujourd'hui, il neige et on voudrait que le trottoir soit lisse. Hier, on poussait de hauts cris parce qu'il n'y avait pas assez de neige sur le toit des voitures. Personne n'accepte ce qu'il a ni ne s'accepte tel qu'il est. Au fond, c'est ça le hic. Voilà aussi pourquoi papa fait de la philosophie et qu'il écrit sur les passions. »

Je gesticule, joue avec la neige, fais mine d'être ravi de glisser sur la poudreuse. Nous reprenons la route et marchons quelques pas. Soudain, une inconnue m'accoste :

« Que faites-vous, Monsieur ? s'enquiert-elle d'un air soupçonneux.

– Je vais à l'école !

– Ce sont vos enfants ? insiste-t-elle, sceptique.

– Oui.

– Où se trouve donc l'école ?

– Mais juste en bas, pourquoi ? »

« De quoi je me mêle, ma brave dame ! » me dis-je (je sens même naître au fond de moi comme un léger agacement). Mais je prends conscience que c'est là une jolie occasion de me détacher, de faire un petit saut pour passer à autre chose. Vite, je reviens à ma joie de courir sur la neige et de pérorer sur la mythologie grecque et la jalousie des vils mortels.

Oser l'un ou l'autre petit plongeon libérateur.

Je me souviens du cours de natation où, pour la première fois, je me suis jeté seul à l'eau avec pour consigne de ne rien faire, de me laisser flotter. Avant de me lancer corps et… âme, j'ai hésité un bon moment, regardant le lac, en bas du terrifiant plongeoir. « Tu es le dalaï-lama en train de tomber dans l'eau », ai-je pensé pour m'enhardir. Le dalaï-lama a fini par choir lourdement et, tout sourire, il a surnagé.

Plonger, s'abandonner sans savoir ce qu'il en coûte, sans la certitude de flotter… Avant d'avoir tenté quoi que ce soit, jamais je n'aurais la preuve que mon attitude fût la bonne.

80.

Regagnant la maison, je me souviens d'une étape significative. À l'occasion d'une retraite selon les exercices spirituels de saint Ignace de Loyola, j'ai ressenti l'état d'épuisement dans lequel je me trouvais et ma constante inquiétude m'a sauté aux yeux. Plus que tout, je voulais l'apaisement. J'ai perçu, maladroitement encore, que le détachement naissait du repos, de l'absence de lutte et de tension. D'où mon intérêt aujourd'hui pour le *zazen*. Les interrogations ignaciennes révélaient qu'il me fallait *à tout prix* me reposer, changer un peu mon mode de vie.

Durant une pause, en cet après-midi d'automne, j'avais arpenté les bois en méditant. Je ne regardais plus l'heure. Je m'arrêtais et goûtais le repos, assis au pied d'un arbre, tranquillement. J'observais, je contemplais la nature. J'avais quitté pour un temps ma tendance à vivre toujours pour autre chose, dans l'attente d'un « mieux »… Je célébrais la vie. Je me sentais léger et libre comme jamais auparavant. Je sautais de joie, croyant avoir enfin atteint au détachement. Or, de retour au monastère, quand le soir je me suis couché, exultant, le sommeil n'est pas venu. L'ennui et la fatigue aidant, je me suis tourné et retourné dans mon lit : « Merde, mon détachement n'a pas duré longtemps ! » Les mots de Maître Eckhart ont soudain traversé mon esprit : « Tu dois te détacher de tout ! » Je me suis interrogé : « Toi qui tournes et retournes dans ton lit, de quoi dois-tu te détacher *ici et maintenant* ? » La réponse est tombée, précise et puissante : « Du détachement ! »

Premier pas : se détacher du détachement !

Si l'absence d'un texto peut encore me tourmenter, ce n'est pas un problème ! Combien de malheureux font du détachement un triste impératif et se privent, pour longtemps, de la joie ? Singulier esclavage qui nous enchaîne à une liberté absolue toujours différée, à un funeste mythe. Pourquoi devrais-je connaître un détachement total pour me réjouir ? Je souhaite seulement assumer mes servitudes avec plus de simplicité.

Pour l'instant, j'abandonne peu à peu le rêve d'une âme sans passion. S'estompe aussi le fantasme de castrer et tuer la bête en moi. Par intuition plus que par expérience, je devine qu'un cœur libre se rassasie totalement de la vie. Dans les moments de joie, les besoins disparaissent d'ailleurs d'eux-mêmes chez celui qui sait se combler du réel. Une fois encore, la jalousie pour les garçons *normaux*, la peur de perdre Z révèlent que je ne suis décidément pas dans l'acquiescement à moi-même. Sans relâche, je cherche au-dehors une consolation… Le pire, c'est que dans l'attente, rien ne me rassasie. Je me braque sur un texto et j'oublie tout le reste.

Mais pourquoi le détachement m'importe-t-il tant ? C'est la lassitude, sans doute, qui me gagne, et j'ai peur. Fatigué de mes désirs, je veux une fois pour toutes grossièrement les annihiler. Surtout qu'ils cessent de me manipuler, ces mauvais génies ! Oui, pour moins souffrir, je me rive péniblement à mes idéaux. Je n'adhère pas à la vie. Je ne fais que fuir mon insatisfaction, voilà tout. Mon petit ego briguerait-il le détachement pour se la couler douce ?

Bien que le détachement, ultimement, ne naisse pas de la seule volonté, j'en ai fait un point de vigilance, un exercice justement. Et, autant que possible, je me demande : « De quoi puis-je me détacher, *ici et mainte-*

nant ? » Sauf pour le sage (ou le saint ?), l'abandon relève d'une pratique quotidienne, toujours menacée ! Pour tous les autres, chaque obstacle, chaque tiraillement, bref tous les mille et un agacements du jour peuvent devenir le terrain de son épanouissement, sans brusquerie toutefois. C'est la vie qui est détachante, non l'effort seul. Nul renoncement amer ne sied au disciple de la joie.

De quoi puis-je me détacher, *ici et maintenant* ?

Modestement, je souhaite me départir une heure de mon portable, cesser d'avoir les yeux figés sur lui. Pas à pas, j'aimerais me délivrer un peu. Souvent, je me mets la barre si haut que je tombe plus lourdement.

81.

Je me suis sevré durant une heure, sans effort ou presque. Je suis de moins en moins accro à mes textos et mon amitié avec Z s'accompagne peu à peu d'une légèreté. J'ai appelé un ami et j'ai lu. D'ailleurs, dans *Le Miroir vide*[1], j'ai découvert une anecdote zen qui a dégagé mon horizon.

> Un prêtre n'a de cesse de rendre son jardin magnifique : il peigne l'herbe, enlève les feuilles qui jonchent le sol. Tout doit être irréprochable. Non loin, derrière une grille, un vieux moine observe le spectacle. À la fin du jour, notre ouvrier méticuleux convie le vieillard à admirer le fruit de ses prouesses : « Regardez comme il est parfait ! » L'autre acquiesce, convient que tout cela est effectivement très beau. Et finit par déclarer

1. J. Van de Wetering, *Le Miroir vide*, *op. cit.*, p. 220.

> qu'il ne manque qu'une chose. Le prêtre, bien qu'il craigne le pire, par obéissance invite son aîné à s'approcher. Soudain, le malicieux saisit l'arbre et le secoue en disant : « Voilà ce qui manquait ! »

La morale de l'histoire, la voici : tout accomplir de manière impeccable et demeurer détaché du résultat !

Au fond, je devrais employer le même zèle que ce jardinier dans la pratique du métier d'homme. Accepterai-je les mille vents contraires qui peuvent *détruire* mon travail tout en conservant la persévérance, une application de chaque instant pour faire au mieux, garder le cap et profiter de chaque escale ? Un bon archer vise la cible : bien tirer, voilà son œuvre ; l'atteindre ou non ne lui appartient pas complètement.

Je pense ici évidemment au superbe mot de Montaigne : « Je veux qu'on agisse et qu'on allonge les offices de la vie tant qu'on peut ; et que la mort me trouve plantant mes choux, mais nonchalant d'elle, et encore plus de mon jardin imparfait[1]. »

Pourquoi, alors qu'il relève avant tout d'une joie profonde, associer toujours au détachement le sacrifice, le renoncement et la privation ?

Le problème, c'est que j'ai attendu mes quintes passionnelles, l'abîme de l'angoisse, pour me libérer un peu de l'attachement. Au cœur de mon jardin imparfait, au fond de mes blessures et de mon insatisfaction, je commence à accueillir tranquillement son imperfection que je traînerai peut-être toute ma vie avec moi. Je profite des *choux* du quotidien et, fort de cette joie, tente de quitter ma volonté excessive de posséder et ma crainte de tout perdre.

1. M. E. de Montaigne, *Essais*, *op. cit.*, l. I, chap. XX.

82.

Z ouvre des voies, il m'incite à revisiter mes liens, mes attachements. Qu'est-ce qu'aimer ? Posséder ? Se réjouir que l'autre existe ? Il porte bien son nom, le maître en détachement. Je suis toujours convié à le désidéaliser pour l'aimer en vérité. Avant de le rencontrer, je gardais cachées mes blessures, croyant avoir accepté une fois pour toutes le corps et son handicap. Il me révèle, en somme, tout ce que je n'ai pas pu être et qui réapparait aujourd'hui avec tant de force : un adolescent insouciant, un jeune homme qui peut passer incognito, se fondre de temps en temps dans la masse, savourer l'existence avec légèreté et, pourquoi pas, plaire aux filles. Je note aussi que je me suis construit un personnage d'intellectuel beaucoup par plaisir, mais un peu pour fuir, me tenir à l'écart d'un monde qui semblait me rejeter. Quand mes camarades d'université sortaient en boîte, je lisais mes livres. D'où cette jalousie, cette fascination devant ce que Z incarne à mes yeux : un corps qui ne pose pas trop de problèmes. En l'idéalisant, je refuse mon passé, je renonce à l'assumer vraiment. M'ouvrir à lui, c'est véritablement bâtir ma liberté et ma joie dans ce corps.

Parfois, je suis tenté de me dire que l'on ne m'y reprendra plus, que je ne m'attacherai plus pareillement à un ami. Je continue de penser qu'un cœur détaché aime mieux, plus librement. Donc, aimer mieux. Quitter la peur et mon désir effréné de posséder.

Pourquoi attendre d'aller mal pour m'y exercer ? Je peux à la fois profiter des plaisirs, des minutes heureuses, des bons moments et m'en servir pour me déposséder un peu de moi. L'idéal serait d'aimer sans ce fichu amour-propre qui m'installe toujours sur le terrain de la comparaison et, à la fin, n'engendre que de la souffrance. Pour le moment, je n'y parviens guère et c'est donc avec les moyens du bord que je poursuis ma quête vers la liberté.

Dictant ces lignes depuis mon lit, je regarde dehors la neige qui fond déjà. Tout change autour de moi. Et dire que j'ai voulu l'ataraxie, que j'ai visé un calme intérieur impeccable ! Cette illusion dévorante me quitte peu à peu. Juste à côté de la fenêtre, mes yeux tombent sur le mur où une grande croix est accrochée. Dessous, une feuille avec trois mots : « repos, détachement, service ». Une autre note attire mon regard, une phrase de l'Évangile, haïe jadis mais qui aujourd'hui résonne comme une vivifiante invitation: « Celui qui veut mettre ses pas dans les miens qu'il s'oublie, qu'il se charge de sa croix et qu'il me suive[1]. »

Quelle plus belle offrande puis-je *m'*offrir ? Quitter la prison de mon égoïsme, renoncer à croire que faire grand cas de soi rapproche du bonheur. Au fond, je ne sais pas encore rencontrer vraiment Z sans vouloir être comme lui. Je souhaite déposer quelque temps le fatras de blessures qui m'empêche de l'aimer réellement.

83.

En descendant du bus, ce matin, crispé pour paraître le moins handicapé possible, j'ai songé aux yeux de ma fille pour éprouver une détente absolue. J'ai alors dansé. Que pèsent les sourires moqueurs devant les regards pétillants

1. *La Bible. Nouvelle traduction*, Matthieu, 16,24, Paris, Bayard, 2005, p. 2006.

qui m'accueillent, inconditionnellement, lorsque je rentre au foyer ?

Nietzsche a raison : en aspirant frénétiquement à un ordre impeccable, en s'évertuant à terrasser la passion et les pulsions, nous tuons la vie.

Me détacher du jugement d'autrui nécessite assurément beaucoup d'audace. J'ai souri de me voir danser sur le trottoir. Décidément, je passe d'un extrême à l'autre : de la soumission totale à autrui à l'indifférence la plus artificielle, à la provocation presque ! Je note que le rire me réconcilie avec l'existence, qu'il me met en paix, qu'il fait la paix. Il atteste une réconciliation avec nos limites, il incarne la douceur, la tendresse. Il exige une sincérité, une franchise, une transparence et, dans le même temps, un petit recul envers le personnage que, bien des fois, nous jouons.

Pourrais-je rire de mes colères et de mes fascinations ? Pour ne pas tomber dans une guerre contre soi, une bienveillante douceur est de rigueur. Rire conduit à ce généreux détachement. Quand j'y pense, la méditation pourrait s'épanouir en un immense éclat de rire : « Ce n'est pas tout moi cette passion », « Il est rigolo ce petit bonhomme, avec sa stupide jalousie ! »

Je fais décidément trop grand cas de moi. Je joue un personnage. Le rire m'en libère un peu. En tout cas, il m'installe dans le présent.

Lorsque j'observe mes enfants jouer, je découvre mes véritables maîtres. Ils sont pleinement dans leurs jeux. Ils me rappellent l'allégorie du jardinier qui fait de son mieux sans se préoccuper du résultat. Quand mon fils joue au camion, il joue au camion ; lorsqu'il pleure, il pleure, tout entier dans son chagrin qui passe, et très vite. Je comprends l'invitation du zen : *shikan*, « rien que ».

Rien que boire, rien qu'écrire, rien que se brosser les dents (car pour le bouddhisme zen, il n'est pas d'action qui échappe au précepte du *shikan*), rien qu'éprouver mes quintes passionnelles. Je le sais et pourtant : quand je me nettoie les dents, je consulte mes courriels, parfois je réponds même au téléphone ; lorsque je célèbre un anniversaire, je pense au temps qui passe, ce qui plombe la soirée. Jamais, je ne me rends à l'instant, jamais je ne me donne, toujours je commente. Sans parler de ces journées vécues sur le mode du pilotage automatique, totalement à côté du présent. Les enfants m'apprendraient-ils à jouer ? Comme eux, je souhaite me consacrer tout entier au geste accompli dans l'instant.

Le zen propose de nous donner tout entier à l'instant, d'y épuiser toute notre énergie pour renaître neufs, disponibles à nouveau. Rien que vivre mes quintes passionnelles revient à les éprouver totalement, à m'épuiser dans leur ressenti. Comment pourrais-je autrement passer à autre chose ?

Et maintenant, trêve de bavardages, vingt minutes de « rien qu'être couché ! »

84.

Comment *obéir* à l'appel de la joie en temps de crise ? L'autre soir, quand j'attendais le texto du maître en détachement, je n'ai pu ni m'adonner au *zazen*, ni passer à autre chose…

Dans le métro, ce matin, j'ai interrogé ma fille : « Pourquoi, quand on aime quelqu'un, on peut être triste ? » La réponse a fusé : « Ça, je n'y comprends rien ! » Et moi, Victorine, et moi donc ! Aurais-je ton humilité ? Dirais-je que je n'y comprends décidément rien, ou presque ?

Je vois bien que je m'évertue à différer le moment de tirer les conclusions de ce journal et joue en quelque sorte les prolongations. Jusqu'à quand ? Je puis, en rêve, donner le coup de grâce aux passions tristes, mais m'en émanciper réellement, jamais peut-être. Tout concourt parfois à me mener droit dans le mur. En somme, je persévère à aller contre les appels de la joie et délaisse la pratique. Sueurs, exercices, volonté, lectures, philosophie, ascèses diverses et variées n'auront pas suffi à me délivrer de mes quintes.

85.

Voilà, la valise est défaite. Je contemple par la vitre de ma cellule la pluie qui tombe. Au programme, une semaine de session d'étude et de méditation. Seul, je suis confronté à un vide. La tentation est grande d'ouvrir mes bagages et de me jeter sur le premier livre venu. Je résiste. Et ose une sieste. Portable en main, j'attends toutefois quelques sms rassurants en provenance de mon maître en détachement.

Finalement, je cesse la lutte et relis un extrait du *Soûtra de l'Estrade du Sixième Patriarche Houei-neng* : « L'esprit humain n'est pas la pensée, mais le vide et la paix qui forment le fond et la source de la pensée[1]. »

1. Fa-hai, *Le Soûtra de l'Estrade du Sixième Patriarche Houei-neng*, *op. cit.*, p. 85.

Et sur ce, au lit car demain, première méditation à 6 h 30 !

86.

Le zen consiste à voler la vache du fermier, à dérober le bol au mendiant. En somme, c'est quitter, abandonner tout ce que nous croyons précieux. À commencer par ce petit moi qui me tiraille aujourd'hui. J'ai laissé mon portable dans ma chambre, sous clé… J'y pense constamment.

Première leçon. Rien de nouveau, que l'essentiel : tenir une position juste, observer la respiration, compter les expirations qui doivent être lentes et contrôlées et laisser l'inspiration advenir, paisible. Toujours se concentrer sur la posture et la respiration. Pratiquer *zazen* pour qu'aucune marge ne subsiste entre la pensée et le réel, pour m'oublier moi-même et n'être que *zazen*.

Je contemple, admiratif, le père qui donne la retraite. Ses gestes amples et doux, son visage bon et sa bienveillante attention me détendent. Le gong retentit et je *dois* tenir une demi-heure sans bouger. Mille tracas m'envahissent : « Que vont penser les autres ? », « Déjà que je médite couché… » Je m'agite en tous sens et dès qu'un peu de calme apparaît, je me raidis, anticipant déjà le fait que ce répit ne va pas durer. Pourtant, l'exercice est simple : *shikan-taza*, s'asseoir, ou se coucher dans mon cas, avec détermination, en étant totalement présent aux six sens – vue, ouïe, odorat, goût, toucher et *conscience* – sans juger, sans réfléchir délibérément. Tenter en somme le *Samadhi*, l'absorption complète dans l'activité elle-même, l'oubli de soi. Au fond, *zazen* c'est oublier *zazen*, n'être que pure présence. Autant dire que j'en suis loin. Mon épaule est secouée par des spasmes. Je serre les poings, rien n'y fait. Tout mon corps tremble. Les dernières minutes sont une éternité… Toujours ce regard d'autrui. Même dans un dojo, je me préoccupe du qu'en dira-t-on.

Nous quittons la salle après une légère révérence, pour prendre le repas dans le silence. Je contemple tous ces visages inconnus. Des sourires m'accompagnent.

87.

Je glane quelques minutes dans ces harassantes journées pour prendre ces notes. Sept assises par jour, quatre heures d'étude des écrits zen me laissent peu de temps pour ce journal. Soyons bref et notons l'essentiel. Ce matin, nous avons ouvert la journée par le chant du *Aum*. Tout le monde prononçait cette syllabe. J'ai cru percevoir que tout était à sa place. Même ma voix chaotique et hésitante prenait part à cette symphonie de l'universel. Chaque chose, chaque personne, chaque rencontre, chaque expérience fait partie de la symphonie du Dharma. Aujourd'hui, j'accueille les spasmes comme un ingrédient de la méditation, une occasion d'être là, de vivre le réel tel qu'il se propose.

Le premier entretien avec le père m'apprend ou me rappelle le danger du volontarisme. À un garçon qui veut le satori, quitter une bonne fois pour toutes le tiraillement des passions, il invite simplement à la détente. Oser me détendre et trouver en moi un lieu de tranquillité dans toute cette agitation. Le zen revient à l'abandon de soi, à l'acceptation complète du réel. C'est le moi qui refuse la réalité et qui ressent le manque. C'est lui encore qui se braque sur l'écran de mon portable. Il intervient sans cesse et me détourne d'une saine appréhension des choses telles qu'elles sont. Dans ma cellule, j'essaie déjà de me laver sans que l'ego vienne commenter mes ablutions.

88.

Voici trois jours que je suis arrivé au monastère, et ce soir, n'y tenant plus, j'ai téléphoné à Z. Il n'a pas répondu et j'ai réessayé trente-six fois en quinze minutes. Le père m'a surpris et quand je lui ai demandé de l'aide, une solution au fond, pour me débarrasser de cette tyrannie, il s'est contenté de dire : « C'est là qu'il faut pratiquer *zazen*. » C'est bien ça le problème ! Accueillir les tempêtes mentales, les laisser passer sans résister. Quelle lutte avec un portable : « Je l'appelle ! », « Je ne l'appelle pas ! » Une heure s'est écoulée et la voix du maître en détachement m'a délivré, enfin. Répit provisoire. Depuis des mois, je tente de m'affranchir de cet attachement et me voilà déboussolé par une heure d'attente…

Je retiens cependant la leçon. Tout doit être *zazen*. Avant la méditation du soir, en retard à cause de la péripétie du téléphone, je m'acharne à essayer de boutonner mon pantalon. En vain, le bouton résiste. Détente. Considérer chaque obstacle, chaque difficulté comme *zazen*, être totalement dans l'action, ne se préoccuper ni de l'avant ni de l'après, ne plus commenter. Soudain, j'arrive à fermer mon pantalon, calmement, en souplesse.

89.

L'assise commence à faire son effet. Je me précipite moins sur mon portable. Sorti quelques minutes pour visiter le cimetière du monastère, il m'a alors semblé que chaque élément de ma vie était à sa place. Rien ne manquait. Pour une fois, j'ai appréhendé le monde simplement, tel qu'il était. J'ai fait un pas après l'autre sur le sentier caillouteux en portant mon attention sur la respiration, en savourant la chance d'être là.

Pendant la sieste, j'ai fait un rêve curieux. Me sont revenus à l'esprit trois amis d'enfance, aujourd'hui disparus. Pour la première fois, je prends conscience de ces deuils jamais vraiment vécus. La peur de perdre Z plongerait-elle ses racines dans ce passé que je peine à regarder en face ?

90.

Demain, c'est déjà la fin de la session. Ma nuque me met à la torture et je me gave d'antidouleurs. Aucune méditation ne se ressemble. Ce matin, j'ai éprouvé une paix totale, j'ai vu mille pensées qui s'enchaînaient en mon esprit sans m'attacher à aucune. La lecture d'un extrait de Houei-neng m'indique la voie : « Les pensées se suivent sans cesse ; l'une est passée, l'autre passe, une autre arrive encore : elles s'enchaînent sans jamais s'arrêter, mais si, un seul instant, cette chaîne se brise, votre corps absolu s'éloigne immédiatement de votre corps de chair et, dans la succession des instants ultérieurs, aucune pensée ne peut plus se fixer sur le moindre phénomène. Car, si l'on arrête sa pensée un seul instant, toutes les pensées s'arrêtent, et l'on parle d'*enchaînement*[1]. »

Assurément, le principe de Houei-neng, comme je l'appelle, m'aide à mieux vivre mon obsession. Le flux continu de pensées m'invite au détachement. Naturellement, mon esprit suit le cours de la vie, il saute d'une idée à l'autre, mais la peur, la convoitise et mon ego m'obligent à me raidir et à me fixer sur Z. Alors, je me braque. Houei-neng me livre un remède. Profiter du torrent des pensées pour tenter l'abandon ou, pour le dire dans ses mots, la non-fixation. Dès que je songe à Z, je peux oser le grand saut dans le flux de la conscience.

91.

Dans le train du retour, j'ai fait mon heure de méditation. Dans ma poche, je tiens la prescription du père pour les six mois à venir :

1. Une heure de méditation par jour en comptant les expirations par séries de dix ; si nécessaire, non pas couché mais en marchant (lever le pied sur l'inspiration, poser le pied sur l'expiration). Sans faute.

2. Apprendre à observer, tout simplement – c'est-à-dire, sans chercher à comprendre ni à corriger tout ce qui m'empêche de me détendre, d'être serein, d'être en paix, etc. Autrement dit, développer une position méta, être le

1. Fa-hai, *Le Soûtra de l'Estrade du Sixième Patriarche Houei-neng*, *op. cit.*, p. 37.

témoin détaché des réactions qui peuvent s'emparer de moi. C'est la conscience nue du bouddhisme. Quel que soit ce qui se lève, je le laisse passer sans être emporté, ouvert à tout ce qui arrive.

3. Ne jamais oublier que ce sont mes fragilités qui sont la source de ma fécondité.

92.

Ce matin, réveil une heure plus tôt pour faire mon *zazen* quotidien. Je replonge dans mon enquête et consulte le micro-trottoir.

Mais en fait, j'ai tout dit ou presque, et j'aurai beau poursuivre mes recherches, je ne ferai que différer le moment de l'abandon. Tout se résume à la pratique sobre et simple de l'adhésion au réel tel qu'il se propose. Être *zazen* en toute occasion. Aucun discours, nulle méthode ne congédieront les tourments de la condition humaine. Le tout est de se faire serviteur de la vie et d'éclater de joie, vendre la vache du fermier et dérober le bol du mendiant…

93.

Je viens de relire *La Leçon du Zen* : « L'esprit vraiment paisible, l'esprit avec lequel vous êtes venu au monde, est l'esprit qui se meut en toute liberté. Présent à tout, il réagit pleinement aux phénomènes qu'il rencontre et à tout phénomène dans lequel il se réfléchit. C'est l'esprit que rien ne fige, toujours prêt à réagir dans l'instant à tout ce qui se présente. L'esprit véritablement paisible est l'esprit qui ne perd jamais sa liberté et se meut selon un mouvement de rotation infini[1]. »

Hier, j'ai combattu de toutes mes forces pour convaincre un ami que rien n'était plus nuisible que les barrières, les armures, les carapaces. Ce matin, j'ai peiné à expliquer à mes enfants ce qu'était un adulte, mesurant les caricatures et tout le sérieux qui vont avec cet état si attendu. Pour ma part, la joie procède de l'abandon, d'un dépouillement total. Adhérer à la réalité sans qu'aucune distance ne me sépare d'elle. Pourtant, la fascination pour Z me laisse parfois rêver d'une vie presque cadavérique, sans heurts, tranquille, peinard. Maître Morinaga me détourne de ces facilités. « L'esprit avec lequel je suis venu au monde » a certes été abîmé, il est devenu méfiant ; cependant, *au fond du fond*, bien enfoui, toujours il subsiste. Lorsque je songe à *mon* enfance, j'entrevois deux trésors : la non-comparaison et l'abandon. Je n'avais rien à perdre. Comment retrouver cet état d'esprit, comment oser cette légèreté au cœur des tourbillons de la vie ? J'aurais aimé vivre en marge de mes passions. Un bref coup d'œil à ma prescription me rappelle que je ne dois pas oublier que ce sont mes fragilités qui sont la source de ma fécondité. Sans mes quintes passionnelles, jamais je ne me serais intéressé à notre sujet, jamais je n'aurais souhaité avec autant d'ardeur le détachement.

Tout à l'heure, en regardant s'éloigner les enfants dans la cour de l'école, je me suis dit que devant le choix d'Er le Pamphylien, je n'aurais sans doute pas

1. S. Morinaga, *La Leçon du Zen. Face à mon incommensurable stupidité*, *op. cit.*, p. 82.

choisi meilleure existence, même si je serais volontiers passé à côté de certaines épreuves incluses dans le lot. Je m'aperçois que par peur de souffrir, j'ai voulu bannir toutes les passions. Or, sans elles je ne serais pas là. Sans l'affection de mes proches, sans l'amour de la philosophie, sans mon ardeur au combat, sans le goût des rencontres, je ne serais assurément plus sur cette terre.

Au terme de mon enquête, je pourrais, à cause de mon éloge de la mort de soi, passer pour un frileux. Je présume que la crainte des tiraillements a été la plus forte. Mais il ne dépend pas de moi de souffrir ou non. Et me retirer du monde ne me préserverait pas des troubles. Serais-je la proie d'une passion pour un quotidien pépère ? Dans mes meilleures heures, je sens aussi l'appel de la vie. Aspirer au détachement, ce n'est assurément pas tuer l'homme, au contraire.

Ingrat et sot ! Tous ceux que tu admires, Etty Hillesum, Spinoza, l'abbé Pierre, Jésus-Christ, n'ont-ils pas été de *bons vivants* ? Se blinder contre l'existence, voilà la *tare* invétérée !

La vie me donne sans cesse des maîtres et des guides. L'humour et le rire de ma famille m'ont révélé que le goût de l'existence peut triompher de la souffrance ; le père Morand m'a convié à me tourner vers l'intériorité plutôt qu'à chercher au-dehors des motifs à ma joie ; l'enthousiasme de mes enfants, tous les jours, m'enseigne à désapprendre mes peurs et à oser tant bien que mal un tout petit peu d'amour de soi… Aujourd'hui, les garçons *normaux* et tant d'autres m'invitent au détachement, au grand saut dans l'abandon. Je veux aussi tordre une fois pour toutes le cou à cette tentation de se claquemurer en soi, bien à l'abri, loin du monde et de la vie, de m'exiler sans cesse. Le maître Sekkei Harada m'y appelle : « Il n'y a qu'une personne que vous deviez rencontrer ; une personne que vous devez rencontrer comme si vous en étiez amoureux fous. Cette personne est votre Soi essentiel, votre vrai Soi. Tant que vous n'aurez pas rencontré ce Soi, il vous sera impossible de trouver la vraie satisfaction dans votre cœur, impossible de ne pas avoir le sentiment que quelque chose vous manque, impossible d'être clair à propos des choses en général[1]. »

Je veux m'ouvrir à ce nouveau défi : rencontrer le vrai Soi, devenir Soi, au-delà de la comparaison et de la jalousie.

94.

Je ne connais pas plus grand désir que la *mort de soi* : oser mourir pour oser vivre à chaque instant, tout donner pour tout recevoir. Par exemple, dès ce matin, sur le trottoir, essayer de n'être enfin *rien qu*'un papa. Donc :

a) Refuser d'enfiler *mon* costard pour jouer *mon* personnage ;

b) Assumer véritablement *mon* corps ;

c) Aller dans la vie sans bagages ;

d) Trouver la liberté dans mes trois vocations (rien que mari et père de famille, rien que personne handicapée, rien qu'écrivain).

Que n'ai-je reçu de l'existence ? Comment, après cela, continuer à me méfier de ce qui est plus fort que moi ?

---

1. S. Harada, *L'Essence du Zen. Entretiens sur le Dharma à l'attention des Occidentaux*, *op. cit.*, p. 153.

Mourir à soi par les vocations constitue à mes yeux la voie royale ! Je souhaite accomplir impeccablement (avec les forces disponibles en cette heure) la tâche que m'assigne la vie !

En attribuer une à autrui relèverait de la maltraitance : « Ta vocation, c'est ton cancer ! » Infiniment plus complexe, embrasser une vocation réclame une reddition venue de l'intime. Jamais on ne dictera à quiconque d'épouser la réalité. Tristes sont les mariages forcés !

Une vocation, j'en suis de plus en plus convaincu, est un haut lieu de la liberté. J'y pensais ce matin en me réveillant. Apnées du sommeil, tensions à la nuque, problèmes de vessie, fatigue chronique et mille autres petits ennuis de santé, voilà pour le pain quotidien ! Tout cela incite à me décentrer et convie justement à la *mort de soi*. Si je prends tout sur moi, je suis mal barré et, à vrai dire, pas loin du désespoir !

Dans la douleur, je me suis remis au lit, suprême audace, pour attendre que cela passe. Après avoir tout tenté, quand il ne reste plus rien à faire, je souhaite pareillement me risquer à cesser de combattre et oser un « d'accord ».

Depuis la retraite, je prends conscience que l'ascèse réclame d'en faire moins et d'oser totalement la reddition. Trop souvent, je me fixe sur une idée, un désir, un fantasme, sans permettre à la vie de s'écouler, naturellement. Méditer, vivre, c'est pratiquer la non-fixation, laisser passer chaque nuage de la pensée sans s'attacher. Peu à peu, je lâche avec soulagement ce moi fatigué, crispé et jamais content qui n'en finissait pas d'accepter, tirant peut-être quelque gloire de ces efforts inutiles ! Quand l'acceptation épuise et réclamerait des forces qui me dépassent, l'abandon, le détachement et la non-fixation participent de l'esprit de souplesse. Le miroir qui d'habitude m'entraîne dans la comparaison me fournit une image bienfaisante : il reflète dans l'instant le *tout* de la réalité, sans rien rejeter ni saisir. Retrouverai-je une telle liberté en moi ? Nulle douleur, nulle souffrance à penser cent fois par heure à Z, si l'esprit ne s'arrête pas, s'il ne se durcit pas sur le fantasme, s'il conserve, en somme, sa fluidité naturelle.

95.

Je ne le nie pas, la passion a du bon. Je lui reproche simplement de m'arracher au réel. Je viens de recevoir ma leçon de zen et j'ai prêté l'oreille à une consigne bien connue : « Installez-vous dans une position confortable, le dos droit, bien enraciné dans la terre. Comptez jusqu'à dix avec un chiffre sur chaque expiration. Si les pensées s'emballent, recommencez à compter inlassablement. » De sa sacoche, un ami a retiré un gong. Petit, brillant, discret. Il a dédié l'assise à la paix au Proche-Orient. Puis, trois *bong* ont retenti. Un flot de pensées m'a alors emporté. Passe encore si le peuple palestinien avait absorbé mon attention. Mon esprit errait ailleurs : « Ça doit être génial d'avoir un gong. Non, c'est du sérieux. Je me demande où on en trouve des comme ça ; il y en a sûrement sur Internet… » Je m'agrippe à un morceau de ferraille plutôt que de me jeter corps et âme sur le chemin du oui. La consigne est pourtant simple, triviale presque : laisser l'être, être. Dix minutes auparavant, ce truc de bronze m'importait autant que ma première paire de chaussettes. À vrai dire, j'ignorais même jusqu'à son existence. Et me voici à loucher sur ce machin comme si mon bonheur en dépendait intégralement.

96.

Je contemple par une fenêtre le visage caché sous un bonnet de laine : ma femme. La chère silhouette marche sur la neige, les mains dans les poches. Voilà ma passion joyeuse. En dépit de mes obsessions pour les garçons *normaux*, c'est cet amour nourricier qui me porte… Mes quintes m'auraient-elles exilé de tout ce que recèlent de bon ma vie et mon amour ? Par pudeur, je n'évoque guère en ces lignes les mille tendresses quotidiennes. Or, j'en prends conscience, les soubresauts de certaines de mes fascinations ont failli me détourner de l'essentiel. Je ressemble à cet aventurier qui brave la tempête et traverse les océans pour faire fortune. Au terme d'une existence usée par de vaines et harassantes tribulations, brisé par son impossible quête, sans le sou, résigné, il retourne au bercail. Un jour, tandis qu'il s'affaire en son potager à planter les légumes nécessaires à sa subsistance, il déterre un trésor. Même si l'histoire est un peu niaise, elle a le mérite de me tenir en alerte. J'y ai songé lorsque, ce matin, par hasard, j'ai contemplé mon corps dans le miroir. Pour imparfait qu'il soit, pour maladroit qu'il se révèle, il est là, fidèle et *pas si piteux que cela*.

97.

Me voici avec B et Z devant une bouteille de Baileys dans une discothèque. Objectif pour ce soir : la biture du siècle. L'idée remonte au conseil d'un ami à qui je m'ouvrais de ma fâcheuse tendance à idéaliser les garçons *normaux*. Il me fit remarquer que je me tenais à bonne distance du monde des *mâles*… Je ne m'intéresse pas au football, je ne pratique aucun sport et, surtout, je ne bois pas d'alcool, et donc je ne prends jamais de cuite. Nous voilà donc, Z, B et moi, à accomplir ce petit rite de passage.

Dès que Z a le dos tourné, j'en profite pour remplir son verre, histoire de ne pas être *bourré* avant lui. J'aimerais hâter la venue d'une insouciance jamais goûtée, même si, au fond, je n'ai pas grande envie de m'enivrer. Je veux juste connaître une *virile* complicité avec ces deux amis fidèles, appartenir pour une fois à une bande… Oui, j'ai toujours vécu à l'écart des autres garçons et, en ce soir, j'espère la joie, la désinhibition, la légèreté. Pour l'heure, je trouve une hilarité pas vraiment assumée.

Je hais bars et discothèques, lieux d'artifice, de séduction sinon de mensonge. Pourquoi devoir *déclarer* faire la fête ? Pourquoi *décider* de se mettre en joie ? On boit pour être gai, pour oublier, pour fêter, on boit pour enterrer une vie de garçon, on boit, on boit. Non, la joie légère et unique que j'éprouvais jadis à l'institut ne s'obtient pas sur commande.

Z me soutient tandis que nous traversons la foule, et je me sens étranger, faible, pas comme les autres. Sans cesse, je me pose la question : « Qu'est-ce que je veux ? » Toujours la même réponse : la joie inconditionnelle. Il y a tout dans ce désir. Je me méprends lorsque je l'oublie, quand je souhaite ailleurs qu'en moi l'assouvir.

Z et B sont quelque peu fatigués, disons-le comme ça. Mais cela ne me suffit pas. Je dois, je veux connaître l'ivresse, accéder à cette insouciance, quitter pour une fois toute gravité. Accoudés au bar, nous sifflons encore un Kamikaze. Je verse quelques verres par terre pour ne pas être plus saoul que mes deux *alcoolytes*. Même éméché, je compare. Évidemment, je ne puis m'empêcher de loucher sur quelques garçons, puis je m'arrête quelque temps sur la délicieuse silhouette de la barmaid pour me dire que si j'étais un de ces mâles, je me mettrais en peine et ferais tout pour la séduire. Toujours, l'ego possesseur résiste. Ne le dissout pas qui veut, même dans le Baileys.

Z se confie et je sors un peu de moi pour l'écouter véritablement. Comment ai-je pu ignorer que tout est *dukkha*, même pour un beau jeune homme ? Je l'ai oublié, j'ai voulu l'oublier. Un autre Z apparaît, attendrissant, fidèle, toujours là. Sa quête spirituelle m'émerveille. Il aurait tout pour s'évader dans des paradis artificiels. C'est moi qui le réduis à son corps, bêtement. Je regrette qu'il ait subi la tyrannie d'un passionné, contraint d'obéir au doigt et à l'œil à toutes ses attentes. Oui, j'ai désiré en faire mon annexe, le double idéal, pas handicapé, que j'aurais pu, que j'aurais *dû* être. L'imaginaire et la passion ont fait le reste. Devant les verres vides, j'observe Z. Il se trouve, lui aussi, *embarqué* dans une vie pas si facile que cela…

En quittant l'estaminet, je ne suis pas vraiment saoul, hélas. Et pourtant, je lance cette puérile invitation : « Et si on finissait la soirée à poil, histoire de vivre à fond notre biture ? » Z s'exécute et je l'imite. Je me les gèle. Tout le problème vient de ce corps que je n'aime pas, que je n'habite pas. L'enfant brimé, l'adolescent forcé à la discrétion, le philosophe nu rabâche la vieille rengaine : « J'aimerais être un garçon normal. » À côté de moi, un autre homme dans le plus simple appareil : Z. Le double idéal, le garçon normal, rêve absolu. Je voudrais vivre nu, atteindre la nudité spirituelle, sans attentes, sans comparaisons, sans attachements. Et quitter, peu à peu, cette soif de posséder. Ce que je cherche au fond d'un verre de Baileys, je le devine dans le froid. Seules l'ascèse, la pratique régulière du *zazen* et la fréquentation assidue des Évangiles pourraient me le prodiguer. Et si la biture m'avait rapproché de l'acquiescement à soi ?

Je rentre avec B, nous devisons sur la vie, sur la liberté que me donne Corine, et sur son amour inconditionnel. En silence, le plus précautionneusement possible, je me couche et lis quelques lignes : « Le vrai courage, c'est travailler à l'unisson avec la faiblesse de son propre esprit, sans abandonner la détermination première. Afin de pouvoir maintenir cette tension, on se pose la question : “Que suis-je en train de faire ici[1] ?” » Que suis-je en train de faire ici ? Passer à côté de la vie, tout bousiller parce que je n'ai pas le corps qu'il me faudrait ?

98.

Devant le magasin, Victorine et Augustin m'accompagnent. Nous crions : « Une orange pour Terre des hommes ! » Je vis le moment comme un exercice spirituel qui me pousse à sortir de ma timidité pour aller à la rencontre des autres. Comme chaque année, Terre des hommes lance une action pour récolter des fonds. J'*affronte* donc les passants, je rencontre les gens. J'essaie de pratiquer le non-jugement. J'ai du pain sur la planche : devant une femme qui passe tête baissée, la

1. S. Morinaga, *La Leçon du Zen. Face à mon incommensurable stupidité*, *op. cit.*, p. 71.

première réaction se résume en deux mots : « Vieille peau ! » Et dire que je suis là pour tenter un peu de solidarité dans une société de plus en plus individualiste ! Me voilà à juger en permanence, à foncer vers les vieilles dames et à éviter les hommes. Dans le froid, je repense à Katmandou.

Dans un taxi, après avoir quitté les trois anciennes prostituées, j'ai ressenti que je pouvais faire quelque chose de beau de ma condition de personne *anormale*. Aurais-je été capable de connaître semblable fraternité si nos souffrances ne nous avaient pas rapprochés ? Soudain, j'ai compris que les heures passées à cultiver mon jardin avaient fini par parfaire un art qui à l'avenir pourrait certainement être requis ailleurs. En un court instant, j'ai entrevu à quel point mes vocations, en s'ouvrant et en s'élargissant, pourraient peu à peu me décentrer et m'inciter à entreprendre d'autres *combats*. Saisie dans une sorte de fulgurance, cette *petite mort de soi* n'était le résultat ni d'une lutte ni d'une renonciation, mais au contraire d'une disponibilité. Ces ex-prostituées et moi vivions de la même vie, divine, presque. Grâce à elles, mourir à soi revenait à laisser de côté le *moi possesseur*, ou plutôt à le faire éclater de joie. Si jamais j'ai eu accès à la non-dualité, ce fut lors de cette rencontre, où j'ai ressenti un amour inconditionnel, passion par excellence dans laquelle la volonté se déleste de tout intérêt propre pour se donner.

L'idée de trancher les vues dualistes s'apparentait à mes yeux à une chimère. Et pourtant, ce jour-là, le plus court chemin vers la joie inconditionnelle passait, devant ces visages, par le don de soi. À l'écart du volontarisme, loin du mépris, une plongée en moi advint. Entrer en soi, donner tout ce que l'on a, abandonner tout pour accueillir la joie et se jeter avec une énergie folle dans l'existence, libéré de l'ego.

Plus tard, lorsque j'ai rouvert les volets de ma chambre d'hôtel, j'ai aimé la ville de Katmandou, ses bruits, ses couleurs vives, sa poussière, son parler aux rythmes insolites et beaux. Devant ce spectacle, j'ai songé : « Mon petit potager, je vous le donne. Mettons nos terres en commun, faisons pousser nos fruits, partageons-les. Non plus les miens, les tiens, mais les nôtres. »

Aujourd'hui, deux oranges à la main, je sombre dans une intolérance brutale. Je voudrais que chacun s'arrête, vide ses poches, donne. Mais lorsque des jeunes gens s'avancent, je me cache, disparais. J'ai peur de leur jugement, j'évite les railleries. Je me protège.

À Katmandou, j'ai connu le privilège de vivre quelques heures bénies, sans rien à prouver, libre. J'ai rencontré une humanité commune, à cultiver et à développer en chacun. Toute lutte avait cessé. Mon ego s'était-il éclipsé pour accueillir le monde, sans le juger, sans le nier, tout entier à l'école du réel ? En tout cas, j'avais discrètement déserté les champs de bataille, filé sur la pointe des pieds afin de laisser un peu de place, pour une fois, à l'autre. J'avais éclaté de joie. Mesquines quintes passionnelles, craintes infondées, nombrilisme invétéré… tout cela avait, l'espace de quelques heures, explosé. Une fragilité se révélait : une fois les armures posées à terre, un être encore frêle pouvait aller nu au-devant de la vie. Et ma faiblesse ne me retenait plus. Elle ne représentait plus un problème et devenait le lieu d'un apprentissage, d'une quête nouvelle et inédite. Au contact de ces cœurs meurtris, plus que jamais j'ai redécouvert une authentique vocation : celle du *serviteur imparfait*. Ce que l'ascèse, l'exercice ou mes petits combats quotidiens me refusaient, l'expérience sans résistance de l'impuissance me l'offrit, gratuitement. À côté de tant de souffrances, touché par une absolue bienveillance, il me suffisait d'être pour que l'abandon survienne.

C'est donc en *serviteur imparfait* que je quittai le Népal. De ce voyage, je n'emportai aucun bagage. Je me réjouis même d'avoir perdu beaucoup, passablement d'illusions et sans doute pas mal d'amour-propre.

La mort de soi a un goût à cent lieues de mon fantasme dérisoire : devenir Z. Au fond, le *moi possesseur* peut s'éclipser. Devant l'autre, les rôles sont tombés d'eux-mêmes et la reddition a vu le jour malgré moi.

Z nous a rejoints. Il peine à vendre quelques agrumes et nous rions ensemble. Apparemment, devenir Z ne ferait pas de moi un meilleur vendeur d'oranges…

99.

Me voilà figé dans une aporie, celle que je n'ai pas assez entrevue dans les réponses au micro-trottoir : les passions, que je le veuille ou non, demeurent. « Figé » ? Que dis-je ? Justement, de toute cette enquête, si je dois retenir une chose, c'est bien la non-fixation : ne s'attarder à aucune pensée, laisser couler, voilà le détachement !

J'ai à cœur de faire de Houei-neng et de sa méthode mes guides. Chaque jour, je suis traversé par mille quintes passionnelles. Hier, devant mille huit cents personnes, j'ai donné une conférence avec Matthieu Ricard. Aucun problème. Ancré dans mes vocations, la vie paraissait évidente, elle coulait de source. Aujourd'hui, avec B et Z, dans ce bar animé et bruyant, je lis un petit papier : « gage : parler de Houei-neng, le Sixième Patriarche, à une fille. » Une jolie femme arrive pour me remercier de mes livres et je peine à aligner deux phrases. Je me sens étranger à ce monde, incapable d'apprécier quelque légèreté. Je suis déconnecté. Ce n'est pas grave : Houei-neng, Houei-neng…

Se détacher du détachement *ici et maintenant*, oser la non-fixation. Plus que jamais, je perçois que tout est dans ce principe : ne pas s'appesantir ni s'attarder, ne pas saisir ni refuser, vivre à fond chaque instant. Pas besoin de jouer un rôle, juste se laisser être.

Après quelques verres, je remonte avec B chez moi. Quelque peu las, je me déshabille pour me mettre au lit. Mon corps est fourbu et je repense à la soirée avec Matthieu Ricard. Elle m'a confirmé l'exigence de tenir bon dans mes vocations, de m'y abandonner avec joie. En ce soir, cette rencontre me montre que l'abandon de l'ego découle d'un véritable amour de soi et de la vie. Savourer chaque instant, jouir de soi, sans se fixer. Rester ouvert et disponible, léger.

Parmi les mille huit cents personnes, je m'étais cependant *fixé* sur un visage : celui de ma femme. Houei-neng me permettrait-il de redécouvrir l'essentiel quand la fascination, les mille et un désirs superficiels, m'arrachent de ce qui me nourrit véritablement ?

Je suis de plus en plus convaincu que si les passions possèdent autant de force, c'est précisément parce que je n'ose pas capituler. Dans l'angoisse, je m'agite. Et comme celui qui tombe à l'eau, au lieu de se laisser flotter, gesticule vainement, je patauge dans *mes* affects. Flotter ou couler relèvent l'un et l'autre du détachement. Aller au fond du tourment pour l'habiter et lui donner sens…

100.

Tandis que j'achève ce journal, à nouveau Houei-neng se rappelle à moi : « N'ayez de demeure ni intérieure ni extérieure ! Allez et venez en toute liberté ! Rejetez seulement de votre esprit ce à quoi il s'accroche[1] ! » Voilà mon seul viatique.

1. J. Brosse, *Les Maîtres zen*, Paris, Albin Michel, 2001, p. 97.

Site Internet d'Alexandre Jollien :
www.alexandre-jollien.ch

RÉALISATION : NORD COMPO À VILLENEUVE-D'ASCQ
IMPRESSION : NORMANDIE ROTO, S.A.S. À LONRAI
DÉPÔT LÉGAL : FÉVRIER 2014. N° 114282-2 (1600145)
IMPRIMÉ EN FRANCE